Brice MARYOT

DIGITAL-CHIMÈRES

NOUVELLES

Les Presses du Midi

Impression PDM

121 avenue d'Orient - 83100 Toulon
Tel. : 04 94 16 90 20 - Fax : 04 94 16 90 29
Dépôt légal novembre 2001
ISBN : 2-87867-351-4

...À tous ceux qui ont permis à cette deuxième aventure de s'accomplir...

Illustrations réalisées par l'auteur.
(Pastel et feutre sur papier)

CE TRUC-LÀ...

Ça vous change un homme, le révolutionne, le rectifie, le refait, jamais parfait, le repositionne, le *psychédélise*, c'est peu de chose, mais ça sauve la mise... On peut le peindre, le repeindre, comme un vice, un graal, un calice, ça se *coulpe*, se *découlpe*, se *recoulpe*, pour se résoudre, sous forme de poudre, ça se donne, se déconne, ça s'enfume, ça s'écume, se détraque, à la coque, en cocktail, en virtuel, on y court, on y fonce, sans détour, jusqu'au bout, ça vaut le coup, on s'en roule par terre, s'en relève, pas très fier, on l'attend, exclusif, impatient, agressif, dépressif, toison au vent, tétons dressés, biniou bandant, cheveux mêlés, qu'on s'en souvienne, qu'on en revienne, bien plus malin, on prend des airs, de très grands airs, ça va se faire, le doigt en l'air, le pouls gagnant, la bouche bée, l'orteil tremblant, l'œil dévissé, le cul tout blanc, on le suppose, le subodore, l'adore déjà, on se tient prêt, le cil dressé, l'oreille collée, le rein cambré, le nez bouché, le gland percé, on le redoute, y'a pas de doute, ça va jaser, ça va gémir, ça va glousser, se tortiller, se comprimer, se relâcher, ça vient à l'heure, toujours à l'heure, c'est de la bombe, du planeur, du bonheur… du vrai…

….. !!!

Si quand bien même l'affaire est faite… On souffle, s'étire, éructe, exulte, fume sa clope, se détourne, proute, se retourne, re-proute…

Tout ça pour ça, c'est bête… Mais c'est aussi chouette…

*

*   *

LA CLOCHE

17h30… Tout est là… presque utile… les vitrines obstinées, les rues en bataille, les façades affichées, les cafés débraillés, des paumés qui se cherchent un taxi, des oisives nonchalantes qui surveillent leur rimmel, les hommes dans les voitures qui s'éternisent aux feux rouges, le doigt dans le nez, scrutant d'un œil hagard les trottoirs saturés… et même des pigeons, insouciants, se foutant bien de ce théâtre bâclé sur une scène fébrile.

Pétri d'atmosphères incertaines, je me laisse ainsi aller dans ma crise proustienne, quand sous mes yeux passe un ange grisé par sa vingtaine d'années… Larme d'un dieu tombée du ciel, sa démarche insolente, son aura volatile ont refleuri le boulevard d'une symphonie martienne…

Elle me sourit, traverse l'avenue, s'éloigne vers la bêtise citadine…

Une fulgurance m'électrise le cerveau, je vois partir un flamant rose, celé de mystère, à vingt mètres, de sucre et de lumière, griffé pour être aimée... Sous le feu du miracle techno, je me persuade d'un destin tracé, de n'avoir ramé que pour la connaître...

...Je m'élance, me jette dans un flot de klaxons et d'épaules, insulte les empotés, souffle, jure, me promets, le suspens me rend fou... seulement lui dire... que pour elle, ferais trembler le monde, jouerais ma vie aux dés... Encombrée de complots, de cohues conspirées, la ville me trahit, m'enserre dans sa fronde... Derrière l'océan de figures insipides, je ne distingue plus que son dos nerveux, sa nuque lisse et décoiffée, sa démarche pressée, sautillant dans son skaï fluo...

Un bus ballot s'arrête... Elle s'y jette...

J'accours... trop tard, c'est idiot, il redémarre... Elle s'assied près de la vitre, semble ne pas me voir, tourne la tête... une goutte de son regard... j'en aurais bu des litres...

Je reste planté là, con comme un poteau, fumant ma clope mouillée, je pense à Aragon, « il n'y a pas d'amour heureux ! », le traite de salaud, la circulation ralentit le bus, je fonce le rattraper... premier arrêt... deuxième arrêt... suis en nage... au troisième, elle en redescend, plonge à nouveau dans la foule conjurée, j'emmerde Aragon, affronte la ville à l'arme blanche, cisaille, perce sa muraille entêtée... Je l'aperçois à peine, fantôme gracile et ingénu dans le gris des gens, s'effaçant au coin d'une rue...

J'y déboule à cent à l'heure... personne... Je la hais...

Assis sur son carton, un clochard hilare poursuit sa quête solitaire, débouchonne sa bouteille, se remonte les bretelles… À bout de souffle, j'ai l'air de l'amuser… l'aurait-il vue passer ?!… Sa face avinée me dissuade de le lui demander…

Je me dis à voix haute, « je n'ai pourtant pas rêvé ?! »…

Il avale une gorgée, se marre et me lance : « et même, qu'est-ce que ça ferait… »

*

* *

POUSSIÈRE

Telles les étoiles mortes d'une galaxie fossile, la poussière en suspension danse sur sa voie lactée, irradiant ma cellule d'anarchie funèbre.

Je m'imagine égaré sur les rives d'un lac génétiquement modifié qui friserait sa rime sous la brise printanière... À mon bras, une fille quelconque me parlerait de ses rêves qu'elle ne vivrait jamais... Je lui aurais dit que le monde brillait déjà dans ses yeux, elle se serait assise dans un canot en polystyrène, je l'aurais menée au fil de l'eau en godillant comme un forçat qui ne veut pas avoir l'air d'en chier et, considérant notre petit bonheur comme un gâteau sur la cerise, me serais demandé si je ne ferais pas mieux de la coïter sur place...

...Dans les love-story, il y en a toujours un qui rame et l'autre qui s'emmerde...

J'observe le flux de poussière dans le rayon esseulé de l'astre solaire. Par méchanceté, je passe une main dans ce manège étrange pour en changer l'ordre établi, l'affoler, faire du mal à cet univers minuscule...

La musique... j'aurais aimé que l'on m'apprît la musique... le piano... au hasard... Dans le grand salon d'une résidence bourgeoise j'aurais joué des pianoteries langoureuses pour les beaux yeux d'une conne... Les notes se seraient échappées par les fenêtres ouvertes... une escadrille de mouches kamikaze auraient assailli le plateau de fruits et ma dulcinée se serait dit que pour jouer aussi bien je devais forcément avoir l'âme d'un chevalier... Elle aurait croqué une pomme cernée de diptères, du jus aurait coulé de ses lèvres et après avoir ôté mon armure en tôle galvanisée, je l'aurais prise sur le piano sous l'œil indulgent d'une chatte Angora qui nous aurait observés avec cette façon qu'ont les bêtes de s'émouvoir de rien...

...J'ai l'onanisme poétique qui me cherche des noises...

Le passage de ma main dans la poussière s'est avéré inutile...

Les particules l'ont esquivée d'une oscillation avant de reprendre leur ronde neigeuse...

La neige... j'aurais aimé voir la neige... une neige chantillyesque que l'on entendrait crisser sous les semelles d'un chat botté jusqu'aux oreilles...

Le soir, derrière les doubles vitrages d'une location à la semaine couverte de neige comme dans un conte de Perrault, s'empiffrant de fondue décongelée devant une stupide émission de télé qui ferait bailler tout le monde, on profiterait, dans la molle humeur, de la chaleur blafarde du radiateur nucléaire... L'essentiel c'est de partager...

Ce doit être si beau une belle neige épaisse recouvrant les toitures, les voitures... et les ordures aussi...

Mon rayon de soleil s'estompe... un nuage... puis réapparaît, avec lui la myriade de petites étoiles argentées... « Tu es né de la poussière... » a dit un type. Un artifice, une exubérance, une vanité de ce qui était prévu pour se taire nous manipule pour nous désagréger sitôt le rayon de vie disparu.

J'aurais voulu être un moine...

Un bénédictin, gallican, augustin, cistercien non-réformé, proxénète chartreux ou trappiste confédéré... La vertu en bandoulière. J'aurais vécu au sommet d'une montagne que personne n'aurait osé défier... J'aurais passé mes journées à prier pour que leurs dieux cessent de gémir (je mets Dieu au pluriel des fois qu'il en existerait un), j'aurais murmuré que tout n'était pas perdu, qu'il fallait excuser notre incontinence à vivre... Je me serais nourri de miel, aurais écrit des poèmes vicieux (encore cet onanisme), puis, enraciné dans la terre, me serais tondu le crâne, aurais fait friser mes poils pubiens et, tel l'étendard des causes perdues, aurais joué les pourfendeurs de la connerie mondialisatrice avant de descendre dans un bar à putes jouir d'une sibylle blonde et cuver ma soulographie dans un concert de flatulences en rot majeur...

...Sartre a raison, l'enfer c'est les Autres...

Combien de temps vais-je moisir dans cette cage inhumaine où le temps se retient de compter, où la lumière pénètre à regret...

Je m'approche bouche ouverte pour avaler quelques-unes des étoiles en suspension... Rien !... Pas un frétillement de mes papilles en manque, à peine le réchauffement de mes

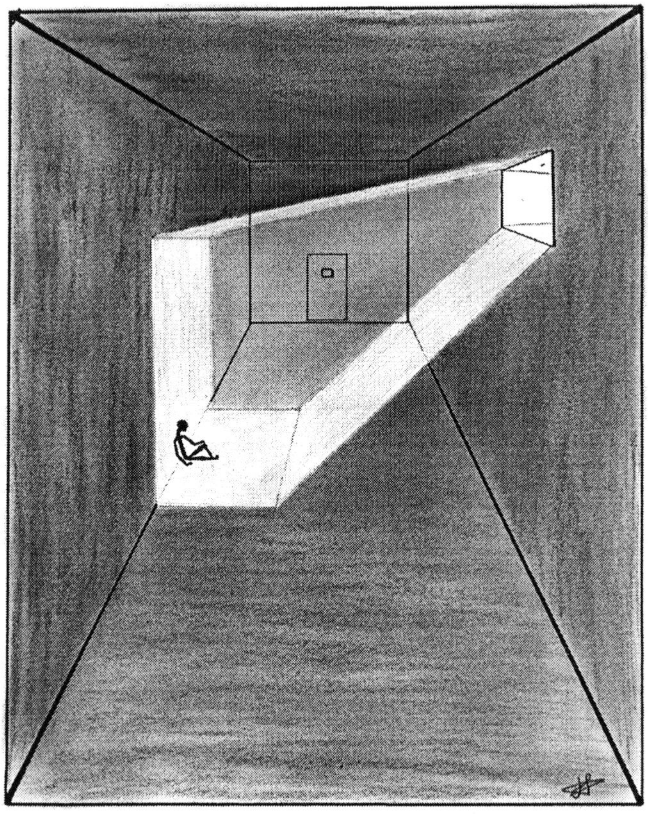

lèvres sous les ultraviolets… La solitude gustative s'ajoute à l'enfermement sonore…

Le soleil… ras le bol de ce soleil… j'aurais voulu vivre dans les mystères du grand Nord écossais, islandais ou scandinave. J'aurais navigué dans des fjords hauts comme des cathédrales menaçantes, traversé des forêts inquiétantes où des fantômes ruisselants des larmes de Mary Stuart auraient noyé dans la Guinness les souvenirs de leurs amours perdues…

La lande fière et gelée aurait cette retenue subtile de tout ce qui n'a pas eu le temps de se salir de fébrilité solaire. Je me serais jeté dans un pub (décidément) face à un barman qui en aurait vu d'autres… Les autochtones m'auraient observé d'un œil mauvais… puis, fatigués de m'entendre refaire un monde dont ils n'ont que faire, m'auraient invité à leur beuverie pour noyer ma verve dans le houblon. « La connerie est le propre du bruit ! » aurais-je scandé dans la nuit glacée en titubant sur l'air chancelant d'un biniou débraillé… Je me serais planté devant un roi statufié dans sa pierre et, tel un Titanic oubliant son sextant sur le quai, aurais fait fondre mon iceberg funéraire en l'arrosant d'urine fumante et salée !...

Et si l'enfer était cet armateur qui a exhorté ce capitaine à forcer l'allure pour griller la concurrence ?...

Et si notre galaxie n'était qu'un amas de poussières sidérales luisant dans la salle d'un opéra ?... Vivement le dernier acte… Qu'on en finisse…

Du coup, je regrette d'avoir semé le désordre dans mes petites étoiles en suspension tout à l'heure…

J'aurais voulu être un Alien… Un monstre parfait… Une forteresse génétique… J'aurais craché mon acide sur les barreaux de ma cage d'acier, d'une mâchoire improbable j'aurais lobotomisé l'équipage du vaisseau pénitencier avant d'atterrir sur une planète censurée qui n'aurait pas trouvé sa liturgie cellulaire. Après avoir pondu mes œufs dans leurs crânes, j'aurais inoculé ma fureur nucléique à une armée de mercenaires mutants pour exterminer tous les cons de cette terre, avant de descendre dans les bas fonds du Nostromo me faire botter les fesses par une Sigourney Weaver en porte-jarretelles…

…Je la vois d'ici se marrer cette faucheuse ridicule…

Le crépuscule a fait disparaître mon petit univers…

Je me demande encore pourquoi il a fallu que je flingue ce type dans ce foutu bled, et me dis qu'on ne peut tout de même pas me faire crever comme ça… pas dans ce pays « civilisé »

Le verrou fait un bruit funèbre… Des figures affligées apparaissent dans l'encadrement… Le directeur de la prison mâchonne avec son ridicule accent texan :

- It's time… Are you ready ? !...

*

* *

ÉTALAGE

Ali vivait seul avec sa mère à la périphérie du Caire.

Ali avait treize ans et n'avait gardé qu'un souvenir vague de son père qui avait sauté sur une mine irakienne pendant la guerre du golfe. Il avait quand même gardé sa photo et la casquette américaine qu'il lui avait achetée avant de partir.

Au début, Ali allait en classe, c'est là qu'il apprit à compter, il savait à peine lire les mots courants. Un jour, sa mère lui dit que l'école coûtait trop cher, qu'elle avait juste assez d'argent pour manger… Alors, le garçon trouva un job au marché, ramena un peu de monnaie à sa mère qui lavait du linge dans un hôtel étoilé…

Ali attendait les paniers…

Au Caire, les trottoirs sont encombrés d'étalages et les femmes des derniers étages des immeubles font descendre des paniers le long d'une corde. Quand ils en ont le temps, les marchands les prennent en charge et encaissent la monnaie déposée avec la commande…

Ali passait ses journées à les remplir de denrées…

Pour la peine, il recevait une pièce dont la grosseur dépendait du chiffre d'affaires et de l'humeur des marchands...
Sa vivacité pour trésor, le garçon cachait l'ambition de devenir un homme riche et respecté... En attendant, il honorait la mémoire de son père en se faisant connaître dans les quartiers de la ville, rendant de menus services aux artisans, remplissant d'autres paniers...
Ayant appris les ficelles du commerce, Ali décida un jour d'avoir son propre étalage dans l'avenue Shari Saïd, la plus fréquentée de la cité...
Un voisin lui avait dit d'aller voir un charpentier pour se procurer une planche et deux tréteaux... Le jeune garçon promit de tout payer avec les premières pièces qu'il gagnerait... de toute façon, on ne lui refila qu'une vieille table de cuisine bancale...
Ali voulut se fournir auprès des grossistes, des paysans qui livrent légumes, fruits et épices aux commerçants... Il leur expliqua qu'il savait parler aux clients, qu'il aurait tôt fait de payer son dû, mais on lui refusa toute avance sans autre garantie que sa bonne volonté...
En rentrant chez lui, le garçon pensait à sa mère qui se brisait le dos à laver les chemises des clients de l'hôtel. Il se souvint alors que, dans la vie, rien de bon ne vient facilement, que la récompense arrive toujours à ceux qui s'obstinent, que le bonheur ne perd rien pour attendre... C'est son père qui avait écrit ça sur une lettre avant de mourir...

Sa petite table installée sur le bord de l'avenue, le garçon était le plus fier des jeunes Égyptiens.

Sa mère s'était arrangée avec les commis de l'hôtel pour que son fils récupère quelques denrées qu'on voudrait bien lui laisser...

Ainsi, Ali passait par la porte des livraisons, recevait des légumes un peu fripés, de petits sacs d'épices et des fruits secs parfois gâtés... Sous le regard des autres commerçants qui se disaient qu'il ne leur ferait pas une grande concurrence, il s'installait près de leurs comptoirs bien garnis.

Le garçon se jurait qu'avec l'aide d'Allah, il serait bientôt l'un des plus respectés négociants de la ville... même que du paradis, son père serait fier de lui...

D'ailleurs, la rareté de sa clientèle lui permettait à nouveau de remplir les paniers avec les denrées fraîches de ses voisins et de ramener quelques pourboires à sa mère...

Parfois, des mendiants s'approchaient... Le garçon les laissait prendre une poignée de figues sans les faire payer...

Ali vit un jour deux touristes s'intéresser à son étalage... Ils avaient la peau claire de l'Occident, l'un d'eux tenait une grosse caméra sur l'épaule... L'enfant connaissait ces engins que les étrangers trimbalent partout, il en voyait souvent près de l'hôtel où travaillait sa mère... Un Égyptien à l'air très sérieux les accompagnait...

Ali crut rêver... D'habitude les touristes ne le regardaient même pas, se servaient dans les boutiques de souvenirs... La tête haute, il rejoignit sa place... signifia d'un sourire que le commerce était à lui...

Il y avait une dame, une belle dame avec de longs cheveux brillants, de beaux habits, des dents saines et alignées... Malgré la distance qu'elle gardait, il sentit son parfum... même sa mère, qui sent le savon le matin et la lessive le soir, n'avait jamais senti si bon... Celui qui tenait la caméra serrait très fort l'appareil contre sa tête...

L'Égyptien expliqua que c'était « des journalistes d'une télé de France » et demanda si Ali les autorisait à le filmer devant son étalage...

SHARI-SAÏD-BAZAR-T.V- Hi-Fi-VIDEO-SATELLITE

Le garçon ne comprit pas vraiment la question et, pour réponse, força un peu son sourire, montra ses dents gâtées… La belle dame dit quelque chose, l'Égyptien traduisit qu'elle voulait connaître son âge et Ali annonça ses treize ans… L'interprète expliqua que les étrangers voulaient le filmer en train de présenter ses marchandises et pour la peine ils lui donneraient une pièce de cinq livres…

« Trois semaines de panier ! » pensa le gamin excité… et du ciel son père serait fier de voir son fils passer à la télé…

Sous le regard perplexe du marchand voisin, le garçon saisit le plus gros de ses concombres pour faire voir aux « gens d'Europe » qu'il était un jeune débrouillard participant à la vie de la cité… Ali aperçut alors une chose qu'il n'aima pas dans les yeux de la dame, une gentillesse, une bonté désagréable dont Ali ne voulait pas… Le désarroi assombrit son regard et le cameraman en profita pour faire un plan resserré de son visage accablé…

L'homme se redressa, parut satisfait, enleva l'appareil de son épaule et la dame tendit les cinq livres à l'enfant…

Une fois seul, le garçon regarda sa pièce de monnaie…

Jamais il n'avait vu autant d'argent en une seule fois… pourtant sa tête restait embrouillée dans une amertume qu'il n'expliquait pas.

Il haussa les épaules et oublia tout ça en pensant que sa mère serait contente de cette fortune inopinée…

Dans ses studios parisiens, Laetitia, contente d'elle-même, peaufine le montage de son reportage… Elle enclenche la lecture des images et insère en voix off le commentaire synchronisé avec le défilement des séquences :

« ...Près du centre ville, il n'est pas rare de trouver des enfants de treize ans abandonnés aux commerces précaires de la rue… (plan sur l'étalage, puis resserré sur la figure chagrinée du garçon qui exhibe ses marchandises)… ici, il n'y a ni suivi scolaire ni assistance sociale… »

*

*   *

PREMIÈRE PIERRE

Il était parti seul sous le soleil qui torréfiait les collines du Sinaï au sud de la vallée du Jourdain, avait gravi l'un de ses plateaux rocheux et verdoyants à cette époque car la désertification n'y avait pas encore entamé son œuvre…

Accroupi sur une grosse pierre plate, la terre à portée de ses mains maladroites et son imagination à la merci d'un monde dont il ne savait rien, il observait les mirages vaporeux de l'horizon…

L'essentiel de ses activités, en dehors de la cueillette, de la chasse et de la pêche, se faisait dans cette pose fœtale tout près de cette matrice caillouteuse qui fécondait la vie et la mort.

Il était parti furieux.

Un instant, il eut envie de se ruer sur ces chasseurs qui s'étaient esclaffés lorsqu'il était tombé dans la bouse de mammouth cachée par les hautes herbes… Il détestait ces cris qui infériorisaient celui qui en était l'objet, voulut leur montrer qui était le plus fort… Devant sa colère, les trois comparses s'étaient enfuis.

Assis sur sa pierre, il mettait un peu d'ordre dans le magma de sentiments que lui restituait sa mémoire chaotique…

Partagés entre le plaisir et le déplaisir, l'attirance et la répulsion, ses souvenirs, même les plus récents, ne restaient pas longtemps l'objet de son attention… Ce va-et-vient d'émotions aléatoires ne lui permettait pas d'en maîtriser l'intensité et les causes.

La plus désagréable était la peur… Il avait peur de tout… Malgré les attributs bienveillants de la nature, celle-ci offrait des dangers obéissant à des forces étrangères à son quotidien… Cette anxiété qu'inspirait le défi de sa survie le déroutait lui et les autres habitants de sa grotte. Les gestes, les grimaces et les sons transmis par leurs ancêtres ne leur permettaient guère de partager leurs pensées ou de poser les bases d'un sens commun. La proximité du groupe et la familiarité de ses comportements ne soulageaient pas vraiment cette frustration de ne pouvoir échanger leurs impressions…

Cet isolement suscitait chez eux une inquiétude profonde qui les incitait à se rapprocher constamment les uns des autres pour se donner une illusion de sécurité.

Une invitation obscure lui faisait semer le chaos dans l'agrégat de pierres avec son bâton, lorsqu'un scorpion de bonne taille surgit de sous l'une d'elles et enfonça son dard dans son gros orteil…

L'homme se leva en râlant et écrasa l'insecte d'un puissant coup de talon.

La colère passée, il observa le cadavre de l'arthropode… Le coup asséné avait aplati l'abdomen, et sa morphologie, caractérisée par ses pinces et sa queue, était restée intacte… L'inflammation lui rappela qu'aucun des congénères qui s'étaient fait piquer par cette bestiole n'était mort malgré les brûlures provoquées par son poison… contrairement au venin des serpents qui sévissaient dans la région…

Il ramena son pied sale sur l'autre genou pour frotter son orteil, considéra amèrement la dépouille et la jeta en direction d'un corbeau qui la convoitait à distance…

Son attention s'arrêta sur une chose qu'il faillit effacer… Le corps de l'insecte s'était un peu enfoncé dans la terre et y avait laissé l'empreinte succincte mais nette de son contour…

Il se leva, regarda à l'horizon puis se mit à tourner en rond comme si cela favorisait l'émergence de ses pensées.

Le volatile étant parti avec son déjeuner, l'homme pressentit, par l'évidence de son expérience, que la perception d'un événement ou d'une chose pouvait se conserver dans le temps par l'intermédiaire de sa trace…

Il se rassit et tenta de refaire le dessin en grattant le sol avec son bâtonnet… Il s'essaya au corps central, s'aperçut de sa maladresse, recommença… Après trois tentatives, il réussit à faire un triangle ouvert terminé par une courbe dont la cambrure rappelait la queue venimeuse. Ne sachant comment s'y prendre pour les pinces, il disposa de chaque côté du croquis deux « V » évasés vers l'avant… Il se leva à nouveau pour juger son travail et, satisfait, pensa que ses efforts étaient à la merci de la pluie ou d'un animal qui pouvait venir marcher sur sa découverte…

Voyant à quelques pas un morceau de grès large comme sa main et dont un côté présentait une surface plane, il se lança dans ce qui devint pour lui une nouvelle et passionnante aventure : graver dans la pierre l'image de son agresseur…

Il se rassit, sortit son poignard de silex, coinça le bloc entre ses pieds et reproduisit le croquis en grattant la matière… Trop excité pour se soucier des dimensions, il s'aperçut, une fois qu'il eut fini, que les pinces étaient trop grandes… Il grogna,

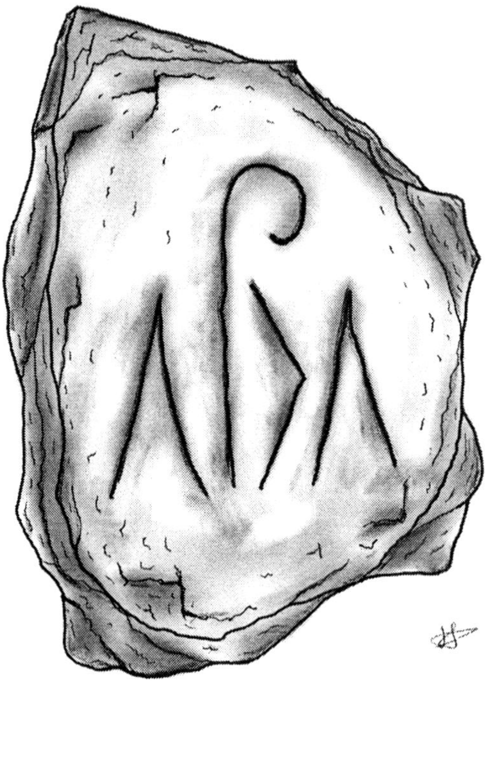

voulut briser le bloc de grès, se ravisa, prit un peu de recul... D'une façon inattendue, la disproportion accidentelle donnait à l'ensemble un intérêt mystérieux qu'il n'avait pas envisagé lors des essais dans la terre... une beauté qui le remplissait d'une joie intense et inconnue puisqu'il ne lui était jamais arrivé de décider du bien fondé d'une chose sans que la nature le fasse à sa place.

L'homme poussa quelques-uns de ces ricanements qu'il n'aimait pas pour assouvir cette joie qui lui rappelait sa première chasse... C'est alors qu'il prit une décision dont il pressentait l'utilité sans en mesurer toute la portée : ramener la gravure à la grotte et témoigner auprès de ses compagnons de l'origine de son orteil enflé...

Le soleil commençant à descendre derrière la colline, il emporta la pierre et reprit sans tarder le chemin de ses foyers.

Pour gagner du temps, il quitta le ruisseau asséché qui l'avait guidé à l'aller, s'engagea dans les herbes hautes qui cernaient le plateau rocheux, jusqu'à ce qu'il sentît sous son pied la boucle froide d'un cobra peu disposé à tolérer l'impolitesse...

...Ayant traversé au pas de course le chantier archéologique en effervescence, l'épigraphiste arriva auprès du professeur Dubol :

- C'est ahurissant! s'exclama ce dernier en montrant la pierre, cet homo sapiens était pourtant sur une couche de terrain de cent mille ans avant notre ère!...

Le spécialiste en écriture jugea les détails du tracé et se tourna vers le paléontologue :

- Professeur... les premières inscriptions mésopotamiennes connues ne datant que de six mille ans avant J-C, cette tablette pourrait bien bouleverser toute l'histoire de notre civilisation...

*

* *

LA CHÈVRE DE YADEV SHÉKÂR

- Alors, cette chèvre?! lança Mashré, sarcastique.
Silence gêné.
- L'orage menace... je la tuerai demain! promit Yadev.

Ses voisins l'avaient prévenu, « Ça porte malheur de donner un prénom humain à une bête... ». Surtout une chèvre qui, en Inde, n'est pas sacrée. Pourtant, dès qu'il la vit à la foire de Bénarès, Yadev ne put s'empêcher de l'affubler du prénom de sa tante Tâneth qui l'avait élevé après que ses parents furent emportés par le choléra.

Yadev avait si nerveusement aiguisé son couteau, que la lame avait rétréci d'un centimètre. L'outil à la main, il se dirigea une nouvelle fois vers l'enclos. Tâneth prit aussitôt un petit air effrayé et lança au bourreau un bêlement qui aurait pétrifié de remords un tigre de Bengale affamé....

Yadev soupçonnait un sortilège de lui avoir fait quitter Ahraura, son village, pour acheter cette bête qui allait tourmenter sa paisible existence... d'autant que le maraîcher qu'il était n'avait pas besoin de bétail.

Il repensa à ce vieux borgne édenté qui tenait l'animal au bout d'une ficelle. N'importe qui se serait étonné de voir ce grabataire isolé... pendant que les marchands exhibaient leurs troupeaux à quelques mètres. Il se souviendrait toujours de ce regard qui laissait déjà transparaître une certaine emprise à son égard... tandis que la prunelle de son propriétaire affichait un amusement suspect.

.

Yadev s'était levé tôt, avait donné un dernier coup de pierre sur le tranchant de l'outil, voulait égorger Tâneth pendant son sommeil... Il pensait que cela lui serait plus facile, qu'il ne lui laisserait pas le temps de pousser un cri.

Sous la lune claire, il se dirigea en silence vers le lieu de son crime... ouvrit le portillon... et ne vit pas la bête.

Pris de panique, il balaya la place d'un regard circulaire et aperçut dans son dos sa proie qui l'attendait d'un sabot ferme...

Comme un enfant le doigt dans la confiture, et ne sachant comment justifier sa présence à cette heure sournoise, Yadev cacha la lame dans sa chemise et s'enfuit de l'enclos en courant.

- Qu'est-ce que tu lui trouves à cette chèvre ? !

- Rien... j'ai l'impression qu'elle n'est pas comme les autres...

- J'ai épousé un crétin... et tes gosses nourris au bouillon, t'y penses ?

- Elle nous donne quand même un peu de lait !

- La belle affaire...

Yadev avait été étonné de voir le vieillard accepter le modeste prix qu'il lui avait proposé. Le borgne avait mis les roupies dans sa poche et avait tendu la ficelle en ricanant...

Dans le bus qui le ramenait chez lui, il s'était attendri sur les petits bêlements de l'animal. Grâce à l'avantageuse acquisition, il avait même pu acheter trois poules supplémentaires. Il s'imaginait que Tâneth regardait son nouveau maître comme un ami et se demandait quel sort l'attendait. L'idée qu'un jour il lui faudrait la dépecer en brochettes lui avait brisé le cœur. Il lui envoya un petit sourire et tout en s'amusant de ses pensées vérifia si ses poules n'avaient pas étouffé entre les passagers.

Yadev pensa à sa famille qui n'avait pas mangé de viande depuis la dernière poule de Bénarès, et puis, Mashré a raison « C'est qu'une bête... et ces scrupules sont de stupides sensibleries ! »...

Il se dirigea vers l'enclos persuadé d'être un peu dépressif... que cet animal de mauvais augure était peut-être à l'origine de ses malheurs.

Il s'approcha de sa victime mais, devant le sympathique museau du capriné, ses résolutions se diluèrent à nouveau comme un jet de pisse dans le Gange...

- Qu'est-ce qu'il y a, encore ?!... Elle t'a fait les gros yeux ?...

- On pourrait peut-être la garder ?! fit Yadev.

- Faut-il que tu sois aussi idiot que ta chèvre !...

Yadev n'en avait pas dormi... Durant des heures, il avait élaboré des théories selon lesquelles, si les animaux se laissaient enfermer, élever et assassiner pour les besoins de l'humanité, c'était bien parce que cette dernière était supérieure et que la façon dont les autres subissaient leur sort prouvait que l'on devait profiter de leur apathie sans scrupule… Et puis, la plupart ont peu d'intelligence, surtout les chèvres réputées débiles…

Au petit matin, les nerfs à vif et son couteau à la main, Yadev poussa violemment le portillon… le chef de famille apprécia avec cynisme le cou de l'animal et s'arrêta devant un curieux phénomène : regardant son maître dans les yeux, Tâneth se balançait de gauche à droite dans un subtil jeu de jarrets qui ressemblait à une danse bouddhiste pour la non-violence… Après avoir un instant douté de sa raison, il dut se rendre à l'évidence… Sa chèvre dansait…

Yadev ne pouvait égorger une chèvre qui danse…

- Je te jure… ça ne pouvait pas être un mouvement naturel !

- Ce qui n'est pas naturel, c'est que tes fils ne mangent que des légumes et du riz ! se moqua Mashré.

Yadev ne l'écoutait plus, il repensait à ce qu'avait dit le vieil homme du marché lorsqu'il lui avait demandé de quelle race était la bête : « C'est une chèvre du Cachemire… » avait-il dit avant d'ajouter : « enfin… ne vous fiez pas aux apparences… ».

- T'es encore dans la lune !
- Tu crois que les animaux éprouvent des sentiments ?
- Une chèvre, ça ne pense pas et ça ne danse pas !
- J'ai l'impression qu'elle veut me dire des choses…
- Puisque c'est ça, c'est moi qui vais m'en occuper !...

Les cris attirèrent les habitants du village autour de l'enclos. Certains clamaient qu'on appelle la police, les mères cachaient aux enfants le terrifiant spectacle qui s'y déroulait :

au centre du corral, Mashré, un couteau à la main, faisait face à Yadev, nu, sa chèvre dans ses bras et hurlant qu'il faudrait l'égorger lui avant de toucher un poil de sa Tâneth.

Ses voisins tentèrent de lui faire entendre raison, lui assurèrent que hormis les bovinés et les éléphants, les animaux n'avaient aucun esprit, on lui proposa d'organiser une collecte, de lui acheter une autre chèvre, et le menaça de faire appel à la force publique s'il ne se ressaisissait pas sur-le-champ...

Le forcené affirmait préférer mourir plutôt que de livrer sa bête à la barbarie alimentaire...

« ...Yadev eut à peine le temps d'apercevoir l'entrée du temple que les pachydermes qui le convoyaient le poussèrent dans la salle du conseil.

L'odeur fauve qui flottait dans la place lui rappela le marché de Bénarès. Derrière une rangée de table en pierre, siégeait un vieux bœuf patibulaire, un bouc et son bouquetin, une vache maigre, une douzaine de porcs et leurs truies ainsi qu'une flopée d'oies, de poules et de canards se disputant les places pour apercevoir le prisonnier.

Il entendit un bêlement familier et aperçut Tâneth à ses côtés. Yadev grimaça... la ficelle de cuisine qui le saucissonnait, engourdissait ses membres. Le vieux bovin qui présidait la réunion l'interpella :

- Je vous préviens, ne croyez pas vous en sortir facilement !

- Mais...

- Taisez-vous !

Yadev entendit Tâneth lui glisser sur un ton amical :

- Surtout ne les provoquez pas... laissez-moi faire !

- Yadev Shékâr ! attaqua le bœuf, vous allez nous dire ce qui autorise votre race impérialiste à tromper notre bienveillance pour nous utiliser comme matière à boucherie !

- Mais… nous mangeons de la viande depuis des milliers d'an…

- Encore une remarque de ce genre et l'on vous fait cuire sur-le-champ ! s'emporta un canard en colère.

Tâneth prit la parole :

- Chers amis, si j'ai accepté de défendre mon propriétaire, c'est que celui-ci ne s'est rendu, à ce jour, coupable que de l'intention de me consommer… Et je suis face à vous la preuve que ce dernier fait depuis l'objet de remords et d'hésitations lui conférant le bénéfice du doute.

- Trop facile, clama une oie, mes consœurs sont gavées, égorgées, dépecées par les gens de son espèce et vous voudriez me faire croire que celui-ci est capable de compassion ?

Yadev dit alors ce qu'il ne fallait surtout pas dire :

- En Inde, on ne mange pas les bœufs…

L'impertinence provoqua un tollé général chez les autres races et la sentence fusa sans appel :

- Gagné !... Vous avez gagné le droit de vous faire embrocher et rôtir sur place sans autre formalité ! s'écria le plus gras des porcs.

Ce qui fit aussitôt piaffer de joie la meute de volaille.

- Je vous avais prévenu… je ne peux plus rien faire ! déplora Tâneth.

Comme il se débattait entre les éléphants qui l'amenaient vers le lieu de sa cuisson, des bêlements affolés le tirèrent de sa torpeur… »

C'est alors qu'ayant reconnu sa chèvre, il avait bondi jusqu'à la fenêtre et avait aperçu sa femme s'approcher de l'enclos un couteau à la main…

- Qu'est-ce qu'il t'a pris ce matin ?... fit celle-ci le soir même.

- Tu n'avais qu'à ne pas tenter de la tuer en plein milieu de mon songe !...

- Je m'en doutais, cette garce t'a envoûté… tu ne veux pas un peu du poulet du voisin ?

- Non, merci !… tu parles d'elle comme si tu étais jalouse !... fit le mari, en repoussant le plat au curry.

Le regard noir qu'il lança aux enfants qui dévoraient la volaille en sauce, effraya Mashré.

- Tu devrais peut-être aller voir le chaman du village…

- Je n'ai pas besoin d'aller voir un chaman !… D'ailleurs, la chèvre dormira dorénavant avec moi dans la cuisine…

À bout de nerf, Mashré finit par partir s'installer à Bombay avec les enfants, ses voisins se partagèrent ses terres et Yadev Shékâr passa le reste de ses journées prostré près de sa chèvre, à lui causer comme un demeuré.

Un matin, il s'enfonça un couteau dans le ventre et se vida de son sang devant Tâneth qui s'en léchait les babines en susurrant : « Tu vois, Yadev, sur terre, il n'y a que deux races, celles qui mangent et celles qui sont mangées ! ».

*

*   *

CERF-VOLANT

Plus personne ne venait dans sa boutique, le Père Noël avait filé en emportant la caisse...

Marc avait tout balancé, renversé les étagères, crevé les cartons sur lesquels trônait le logo simpliste du numéro un du jouet... « Vos bénéfices sont décevants ! » avait sèchement lancé le représentant de la firme, congelé dans ses critères autorisés... Marc n'avait rien répondu... Marc savait que lorsqu'un type se colle un marteau dans la tête, tout ce qui l'entoure ne peut plus avoir d'autre forme que celle d'un clou... Le marteau de celui-ci était en l'occurrence un certain taux de rentabilité.

Depuis des mois, Marc, lui, s'enfonçait dans son autodestruction... ne sortait presque plus, ne parlait plus à personne, ne pensait plus qu'à une chose... La dernière...

Marc refusait d'être dans la peau du clou...

Cet après-midi-là, il coupa l'électricité, tira le grand volet métallique, y accrocha l'écriteau : « Fermé pour déception », laissa une lettre qui sonnait faux, la déchira, n'auront qu'à penser ce qu'ils veulent...

En s'éloignant du rideau de fer qui masquait la vitrine du magasin, Marc lui jeta un coup d'œil, quelque chose voulait le retenir, le convaincre de renoncer…

Il descendit les rues, navire fantôme porté vers son naufrage par un vent funeste. Sous l'astre brûlant, l'asphalte semblait fondre sous ses pas rendus lourds par la moiteur… La chaleur rendrait le passage plus facile…

Il traversa l'avenue principale. C'était le jour du carnaval… joie vulgaire, musique brésilienne qui lui donnaient la nausée… Tous ces visages maquillés, ces costumes criards, ces chants, ces danses tribales, cette petite joie organisée… Marc trouvait les fêtes tristes à pleurer.

Un instant, il fut jaloux… jaloux de cette insouciance, de ce bonheur rassurant et convenu comme un séminaire de commerciaux cravatés… Il se demanda s'ils n'avaient pas raison, les autres, de se laisser porter à bout de bras, de se laisser porter par ce bonheur emballé comme une marchandise.

Il eut un sursaut de dignité, palpa la corde, le morceau de rocher dans le sac de toile… Imagina l'instant… L'avait préparé…

Trois jours plutôt, il avait repéré les lieux du crime, s'était assis au bord de la mer, une mer tumultueuse qui l'appelait, salivait à travers son écume, l'engloutissait déjà dans ses entrailles sombres et secrètes.

Il avait imaginé le bloc de pierre l'entraînant vers les profondeurs, les poumons gonflés d'une dernière inspiration, l'air épuisé de son oxygène qui lui consumerait les poumons, l'instinct de survie tétanisé par la certitude de ne pouvoir renverser sa chute, l'effort de retenir encore un peu de vie… Instant unique du passage vers l'autre état, celui des origines, du mystère… La brûlure pulmonaire deviendrait intenable. Il essayerait de résister, mais ce ne serait plus qu'un sursis…

Alors, il se persuaderait d'engager sa fusion avec le néant... Et, telle une chasse d'eau tentaculaire, il laisserait le liquide salé s'engouffrer dans ses alvéoles et l'engloutir comme une merde sous-marine regagnant sa fosse aquatique à travers un siphon d'indifférence.

Marc s'était donné un avant goût de tout cela dans sa baignoire en maintenant sa tête sous l'eau savonneuse... combien de secondes durerait la douleur, en combien de temps en serait-il libéré ?

Dans cette ambiance carnavalesque, il marchait vite, craignait d'être en retard à son rendez-vous... noce avec un au-delà qu'il imaginait meilleur...

Marc trouvait la mort plus belle... Il l'aimait comme un remède que la nature avait mis en place pour éliminer l'inutile... Mourir était une façon pour lui de soigner son manque de savoir-vivre... de ne plus être le clou.

Une chenille de fêtards costumés sautillant aux rythmes de la samba vint l'enrôler... Des mains se saisirent de lui pour rallonger le serpent agité qui, à force de récupérer les gens, remplissait la rue... Il avait dû se débattre, se dégager à l'aide de son sac contenant la corde et la grosse pierre, fuir l'attroupement qu'il méprisait...

À la sortie de la ville, sur la route des calanques qui longeait la mer, il croisa un enfant assis sur le talus, un enfant au regard triste... Préoccupé par son dessein, il n'y attacha aucune importance, continua son chemin...

Il gravissait la corniche côtière, quand, sous le bruit des vagues qui s'amplifiaient, il perçut les pas du gamin qui l'avait suivi depuis la route...

Marc était embarrassé, avait tout envisagé sauf un témoin, qui plus est un marmot...

Arrivé près des rochers, il posa son sac contenant la corde et le bloc, observa les eaux bouillonnantes à ses pieds, se retourna vers le môme qui le regardait avec insistance. Cette présence le mettait mal à l'aise. Il revint sur ses pas, lui dire de rentrer chez lui, d'aller jouer ailleurs, mais l'enfant leva ses bras au ciel, expliqua que son cerf-volant s'était cassé, qu'il s'était envolé… Marc aperçut la poignée de plastique que l'enfant exhibait, le logo qu'il connaissait bien…

Marc remonta le rideau de fer, demanda au garçon d'attendre devant l'entrée, partit seul dans la réserve de la boutique dévastée…

Puis, réapparut brandissant le cerf-volant poussiéreux de son enfance que sa colère avait épargné…

*

*   *

PUDEUR NOIRE

Dans les senteurs d'épices du grand marché d'Hérat, une silhouette drapée d'un tchadri noir s'arrêta face à Sarih avant de se fondre dans la foule indolente…

Intrigué, le jeune homme se retourna sur son passage, la suivit des yeux, s'imagina dans la peau de cette muse. À l'inverse de ce que pensent les étrangers, se promener sans être jugé sur son aspect, pénétrer le monde comme un espion anonyme témoignait d'une forme de liberté qu'il aurait parfois bien voulu connaître… Il convint que ce privilège n'occultait pas la dureté d'être une femme dans l'Afghanistan d'aujourd'hui…

Le lendemain, n'ayant rien d'autre à faire, Sarih arpenta le marché, fit mine de comparer les prix, jetant des coups d'œil aux alentours dans l'espoir d'y croiser à nouveau la créature mystérieuse… Pour ne pas rester les mains vides, il acheta une livre de dattes à un marchand de fruits…

Au bout d'une heure, il maudit sa puérilité de croire qu'il la reverrait parmi ces milliers de gens, s'en voulut d'avoir attaché de l'importance au face-à-face de la veille.

L'avenue débouchait sur la place centrale où chaque jour se tient la foire aux bestiaux. Les senteurs épicées faisaient alors place aux odeurs animales des troupeaux rassemblés.

Sarih ne vit pas arriver le bus qui dévala la rue principale, le frôla sans ralentir. Un coup de klaxon lui fit éviter de justesse sa collision avec le lourd véhicule bondé de gens débonnaires, de poules sautant sur la galerie… Il cria au chauffeur qu'Allah le maudisse, reprit sa marche indolente…

Le bus s'arrêta sur l'esplanade, des femmes en descendirent et Sarih fut surpris de voir parmi elles, le tchadri noir qu'il cherchait…

Le voyant planté là, la bouche ouverte et les doigts crispés sur son sachet de dattes, celle-ci souleva la grille en tissu qui masquait son visage, lui laissa voir ses yeux moqueurs et le dépassa à vive allure. Ses suiveuses, qui devaient être des sœurs plus jeunes, virent la scène et s'esclaffèrent comme des gamines effarouchées…

Sarih l'aperçut de nouveau le lendemain au marché, se décida enfin à l'approcher, se faufila entre les passants… Mais lorsqu'elle le vit arriver, la mystérieuse femme ne trouva rien de mieux que de s'enfuir dans la foule… Accablé par ce qu'il prit pour une réaction de frayeur, le jeune homme se lança à sa poursuite entre les présentoirs.

À l'angle d'une avenue, elle s'assura qu'il la suivait, s'engagea dans l'allée faisant caqueter des poules sur son passage. À chaque intersection, la fugitive se retournait pour l'inciter à emboîter son pas dans ce dédale de petites rues aux murailles hautes qui faisaient du centre-ville traditionnel un labyrinthe à l'abri des regards policiers… Sarih ne se laissait pas distancer… Assise à même le sol, une veuve déshéritée leur jeta un sort de son regard de fiel.

La poursuite cessa devant les ruines d'une ancienne villa bourgeoise. Les maisons vides étaient fréquentes dans ce quartier devenu pauvre après la guerre. La végétation avait envahi sa cour. On pouvait encore deviner le socle des fontaines arrachées par les voleurs. Les murs intérieurs, autrefois décorés, se lamentaient des cicatrices que les moines-soldats avaient laissées en purifiant les lieux de leurs images impies.

Derrière la palissade qui fermait le jardin, il reconnut les rumeurs de la ville, silence nostalgique sur fond de bruit de foule, étrange atmosphère mêlée de mystère et de mélancolie.

Il marcha vers l'entrée, la vit enfin derrière une colonne de pierre…

Elle avait ôté son voile…

Son regard espiègle éclairait un visage doux et souriant qu'un discret maquillage mûrissait un peu. Il ne connaissait rien aux parfums, mais celui qu'il sentit aurait envoûté le prophète lui-même… Tel un ange soumis à sa première tentation, Sarih prit conscience que sa mère et ses sœurs étaient les seules femmes qu'il connaissait, craignit d'envoyer son âme en enfer…

Il voulut l'embrasser, fit preuve de maladresse… Elle détourna la tête, l'entraîna dans la maison éclairée d'une lucarne barrée de planches et laissa tomber les derniers tissus qui la couvraient…

Les faibles rais de lumière mystifiaient son corps dans des nuances d'ombre et de miel… Sa main guida la sienne dans un voyage de caresses satinées de douceur…

Troublée de se livrer à ce jeune inconnu, ses soupirs appelèrent à une violence délicieuse dont elle semblait vouloir reculer l'échéance… Malgré le respect qu'elle lui inspirait, Sarih se laissa envahir par son désir immature, une pulsion fébrile envers cette beauté incroyable qui se livrait sans dévoiler son mystère… Son imaginaire ne voyait plus qu'un corps précieux dont il fallait atteindre l'intimité, profaner le tabernacle merveilleux de son jardin secret…

Durant un court instant, elle voulut être prise par des hommes mûrs et vulgaires, abandonnée à des caprices faciles et dégradants, livrée aux exquises folies de jeux érotiques qu'elle n'osait imaginer, jusqu'à pousser le léger râle d'une âme vaincue par un plaisir défendu, un plaisir confisqué par d'anciennes traditions.

Croyant entendre un bruit dans la cour, elle le repoussa, s'essuya le visage, le ventre, lui dit de s'en aller. Elle voulait être seule, reprendre sa condition de femme murée dans sa chasteté improbable. Lui, aurait voulu connaître son prénom, savait qu'elle ne le lui dirait pas… Ils échangèrent un regard triste et se quittèrent sans un mot…

Comme revenant d'un long voyage, Sarih retrouva la ville étrange et grotesque, la rue du marché, son vacarme familier. Il aurait voulu fuir loin de cette médiocrité ambiante, prolonger cette aventure dans un pays où la vie ne serait plus un sacrilège…

Le vent qui s'engouffrait dans les rues fit voleter vers lui une feuille imprimée… Sarih reconnut le journal officiel de la veille, le ramassa, lut par curiosité la manchette en première page :

« Le ministre de la vertu de Kaboul, prépare une nouvelle loi au service des valeurs sacrées. Les femmes ne pourront dorénavant quitter leur domicile qu'accompagnées d'un membre de leur famille…

Lors de la réunion du conseil Taliban, l'imam de la région d'Hérat a chaleureusement approuvé ce projet… »

*

* *

NEIGE AU SAHARA

Soumana avait laissé sa famille, son lopin de terre, son village au sud de Tombouctou… pour savoir la vérité…

Il n'était qu'un rejeton lorsque son grand-père Kobali lui conta une légende africaine que rapportaient les Griots - troubadours dépositaires des croyances Animistes : d'après les ancêtres à l'origine du Mali, « Le silence du désert chuchote des poèmes étranges qui rendent celui qui les entend heureux pour le restant de ses jours ».

Le patriarche précisa que si l'auditoire était aussi mince, c'était parce que les gens sur terre faisaient toujours beaucoup trop de chahut…

Soumana dévorait les paroles de l'aïeul qui lui narra pour l'occasion une histoire inspirée des traditions orales du pays : « Il y a longtemps, des Touaregs saháliens, qui traversaient le grand erg occidental, auraient entendu des phrases dont les merveilles devaient combler les hommes de bonheur pendant mille générations ».

Le vieux sage expliqua à son petit diable qu'il y avait peu d'autres endroits au monde où le silence permettait d'ouïr ces vers mystérieux...

Lorsque le garçonnet voulut savoir ce que le désert avait confié de si prodigieux aux nomades, Kobali répondit qu'une tempête de sable géante avait fait perdre la route à ces Touaregs dont le dernier agonisant avait expiré sans révéler les mots secrets aux sauveteurs...

Le récit plongea le garçon dans un marécage de questions : pourquoi le désert ferait-il mieux entendre son silence que le village pendant le sommeil des habitants ? Le silence devrait être partout pareil ?!... Pensait-il souvent en se grattant le crâne.

L'agriculteur qu'il était devenu trimait sur les rives du Niger pour le bien-être de sa famille, pêchait sur une barque légère, préparait ses récoltes de mil et de maïs... et mettait chaque année un peu d'argent de côté pour un projet dont il ne sut pas garder le secret.

Tout le monde dans le pays connaissait l'histoire de la caravane. Ses cinq marmots, bien que tristes de le voir partir, étaient excités à l'idée que leur père entre dans la légende. Ses épouses, Mabila et Tatana disaient que ces économies seraient bien plus utiles à envoyer leurs fils au collège de Bamako, qu'il aurait été plus facile d'effacer les rayures d'un zèbre en lui brossant le poil que d'enlever la sottise à leur mari... Ce dernier répondait qu'il ne partait pas à la guerre, jurant qu'il reviendrait sitôt que le désert lui aurait déclamé ses phrases enchantées... que si des Touaregs avaient entendu des vers magiques dans le désert, lui, les entendrait aussi...

Le jour arriva où son beau-frère dut le mener jusqu'à Tombouctou dans son pick-up Toyota. L'aventurier y acheta un dromadaire, une djellaba, une toile de tente et autres équipements nécessaires à son expédition.

Les Maliens savent qu'au Nord du fleuve Niger s'étale l'immense plaine rocailleuse et sèche au bout de laquelle, passé l'oasis de Taoudenni, commencent les dunes brûlantes du grand erg occidental… Mer d'austérité où seul le vent, les fous et les serpents osent se hasarder…

Durant les semaines qui suivirent, le voyageur fonçait dans la solitude, tendant l'oreille au moindre bruit.

Au bout d'un mois de douleurs lombaires, Soumana affronta le Sirocco et, sous sa tente, n'entendait toujours pas de quoi rendre heureux pour le restant de ses jours.

À la sixième semaine, le campeur s'installa sur la plus haute colline de son horizon… La lassitude lui insuffla l'idée qu'au lieu de les rechercher dans l'immensité, il serait plus avisé d'attendre que les poèmes viennent à lui… si le désert avait quelque chose à dire, il saurait bien le dénicher sur ce culminant tas de sable…

Le soir, il admira l'immense océan de dunes qui s'offrait à perte de vue… Elles ressemblaient aux écailles d'un poisson géant dont les tons ocre se fondaient dans le rouge-rosé de l'horizon…

Son dromadaire assoupi, il pouvait presque entendre les battements de son cœur… Pas une once de vent ne troublait le calme du crépuscule, pas même un bruissement de sable. Soumana prit la mesure de son existence posée sur cette ride de l'Afrique, s'émerveilla devant l'intarissable énergie créatrice qu'était la vie, fruit d'une force capable de tout inventer ou tout faire renaître avec une obstination merveilleuse…

VROUM ! VROUM !
PROUT !

L'obscurité ayant enveloppé le désert, la lune argentée magnifiait la voûte céleste comme un écrin noir incrusté de diamants étoilés. Soumana les observa, remarqua le passage d'une comète, et pensa que cet espace de mystères cachait forcément des mondes étranges peuplés de créatures insolites… Soudain, le voyageur eut l'impression que les « voix » allaient lui parler, il prêta l'oreille et entendit la flatulence que le dromadaire laissa échapper…

Sa béatitude n'ayant pas survécu au dépit olfactif, il se coucha en se demandant si, dans la légende, les causeries du désert n'étaient pas tout simplement les méditations que les lieux inspiraient aux voyageurs…

Un bruit finit pourtant par lui chatouiller les tympans… On aurait dit une lointaine musique… Il se leva pour deviner la provenance de la mélodie qui se transformait en lamentation en se rapprochant rapidement… Au bout de sa dune, il discerna une lueur qui variait aux rythmes lancinants de ce qui ressemblait de plus en plus à des rugissements…

Le pèlerin s'effraya à l'idée que le désert vienne lui crier la colère que l'humanité pouvait avoir provoquée dans le cœur du monde et tressaillit en imaginant ce qui avait bien pu lui insuffler une telle rage…

Soumana se lança vers le foyer lumineux qui n'était plus qu'à deux cents mètres… dévala la colline, courant et roulant sur la pente sablonneuse, remonta à quatre pattes la dune voisine… À bout de souffle, il s'affala contre l'arête de sable qui le séparait du grondement diabolique, se redressa d'un ultime effort, mais ébloui par le faisceau de lumière, ne put éviter le monstre qui fondit sur lui à toute vitesse…

- Y'avait un type devant ! fit le copilote dans le micro de son casque.

- Tu t'crois sur les Champs-Élysées ? ! rétorqua son équipier.

- T'as pas senti un coup dans le châssis ??

- Ce sont les cardans qui claquent !!... D'ailleurs, tu ferais bien de nous sortir de ce merdier avant qu'ils ne lâchent !!

Renfrogné, le navigateur se concentra sur ses instruments de bord et vérifia la trajectoire qui leur ferait rejoindre le relais d'étape avec deux heures de retard sur les autres concurrents.

Au bout de quelques minutes il ne put se retenir :

- J'aurais juré avoir vu une figure devant les phares !!

- C'est ça... et moi, j'ai vu de la neige...

*

* *

DIGITAL -CHIMÈRES

Beltzéfoune ne risquait pas de virer sa cuti.

Derrière son enceinte à la glyptique bien ordonnée, la ville lumière baignait dans un halo bleu saupoudré de pétales d'iris. L'infâme Silène se gaussait à l'avance de l'imbuvable paix qui s'en dégageait et le fossile qui lui servait de méninge ne regrettait pas ce désopilant pèlerinage chez les Hespérides.

C'est le jeune Héphaïstos (fraîchement intronisé dans l'Olympe) qui avait amorcé le programme. Une délégation des Silènes et une autre des Hespérides avaient dû se rencontrer sur une planète désaffectée, à une heure tardive... Fallait éviter les journalistes, les religieux, les philosophes et autres critiques qui auraient polémiqué sur ce curieux jeu du monde.

Faut dire que les protagonistes avaient des raisons de ne pas se faire de risettes...

Les Silènes avaient beau prendre les Hespérides pour des crétins, ces derniers avaient souvent le dernier mot... c'était couru... Aussi, leurs esprits maléfiques semaient-ils en vain le mal, la haine et l'anarchie en fuyant, après chacune de leurs déroutes, les sermons de leurs éternels vainqueurs.

Les Hespérides, quant à eux, avaient beau s'en sortir toujours bien, ils n'avaient jamais éradiqué ces insaisissables Silènes, renaissant de leurs cendres... même froides. Ainsi, leur indécrottable bonté luttait-elle en vain pour la paix et l'harmonie en croyant pouvoir convaincre leurs adversaires de rejoindre leur royaume de douceur, d'ordre et de lumière.

Quiconque observerait ce manège jurerait que chacune des parties épargnait volontairement sa rivale de l'extermination... Si l'une d'elles disparaissait, à quoi la survivante occuperait-elle son éternité ?

Un Hespéride dénommé Gabrio ouvrit la porte et vérifia les alentours. Voyant que Beltzéfoune était seul, il renifla son odeur fétide et lança :

- C'est gentil d'être venu nous voir !

La provocation fit bouillir le sang du visiteur qui ne s'attendait pas à cette amabilité :

- Abrégeons cette plaisanterie... j'ai d'autres chattes à fouetter !

- Je trouve aussi ce petit jeu un peu binaire...

L'Hespéride le guidant vers une première métaphore, Beltzéfoune esquissa une grimace, sortit son mouchoir souillé d'urine et le respira pour atténuer les horribles parfums rose jasmin en suspension.

Devant un pupitre bardé de commandes lumineuses, Gabrio alluma un écran et invita son client dans le cycle de visionnage :

- Il y en a pour deux secondes…

Le Silène orienta son œil jauni vers l'appareil et entra dans le mental de Roméo plongé dans un poème doux-amer, avant de se rêver terrassant les éclairs pour sauver sa Juliette d'un tragique anathème…

- C'est drôle… Mon dernier passage à Vérone m'a laissé le souvenir d'une mémorable partouze… fit le Silène en s'enfonçant un doigt dans le nez.

- J'étais sûr que vous alliez dire ça…

Beltzéfoune vit un hippocampe volant muni d'un arrosoir d'eau de Cologne qui désinfectait son sillage et aperçut une petite porte où était retranscrit en lettres d'or « Promenade sentimentale » de Verlaine :

- Je vois qu'ici on sait faire la fête…

- Mon cher, la seule fête qui tienne chez nous est celle de la mélancolie amoureuse et du romantisme bucolique…

- D'enjôleuses périphrases de la baise… vos amants saturniens s'extasient avant de se cocufier à la première occase… Quand je vois un couple dans la rue, je change de trottoir !…

- Tant mieux, ça vous évitera de piétiner notre sens de la famille et nos valeurs sentimentales…

- Il paraît que ça porte bonheur…

- Un jour, des âmes pures et bienfaitrices éclaireront le monde avec une foi et une droiture exemplaires…

- Et une fâcheuse tendance à se tirer sur la nouille…

- Les sources d'eau claire des montagnes seront toujours plus belles que vos orgies narcissiques que vous organisez dans la boue et le sang…

- Désolé, j'ai la nostalgie de la gadoue… fit le nuage de flatulence, vous par contre, vous crèveriez plutôt que de vous mirez tels que vous êtes dans vos miroirs menteurs… vous n'êtes que des bâtards en orbite !

- Et vous, des cons cosmiques…

- Nous sommes tous des bâtards !… mais votre bâtardise à vous, vous l'emballez dans du cellophane embaumée…

…le jeune Héphaïstos avança le programme de son moniteur…

…La délégation arpenta des corridors vaporeux avant d'entrer dans un panthéon de fresques et de peintures enchanteresses :

- Ici, s'illustrent la magnificence, l'intelligence et la volonté de chacun à donner le meilleur de lui-même avec talent et conviction !…

L'iris racorni de Beltzéfoune vit rouge… Se présentait là le seul obstacle aux tristes exploits de sa bande. Leurs plans maléfiques étaient souvent déjoués par cette manie qu'ont certains de changer leur regard sur les choses et de trouver une parcelle de lumière derrière la pire noirceur.

Un rayon vert fit apparaître un hologramme qui crispa le Silène : Après des siècles de guerres fratricides, des peuples s'unissaient pour une société de progrès et de justice…

- Shakespeare en chialerait d'affliction !

- Ce n'était là qu'un exemple… d'autres se feront jour grâce à cette beauté secrète que recèle le cœur des hommes…

- Le temps d'une saison en enfer, Rimbaud l'a pourtant trouvée amère ta beauté… fit la bête, fronçant les poils qui lui servaient de sourcil.

Gabrio sortit de sa poche un petit médaillon à l'effigie d'un saint confédéré, le porta à son cœur et fit mine d'entrer en extase :

- Nous nous laisserons aller vers les étoiles idéales, un peu de vin pour la route et d'une voix d'enfant, nous parcourrons les villes en chantant Dieu, l'amour et la jeunesse jusqu'à ce que nous ne souffrions plus de rien...

- Et, la bouche en cœur, nous danserons sur « Le berlingot » de « Javel »...

- Les rares fois où nous sombrâmes dans la défaite... fit l'ange sans se démonter, nous repartîmes une poignée, et par un prompt renfort...

- Vous fûtes la moitié en arrivant au port...

Gabrio et son invité passèrent ensuite devant une vieille porte vermoulue... La serrure semblait rouillée...

- Quelque chose à cacher? fit remarquer le pustulé...

- C'était l'université théologique... On s'est fait piller tous les bouquins par vos barbouzes...

- On ne t'a pas dit?... Abraham s'est flingué dans sa baignoire lorsqu'il a vu Gandhi bouffer son père en écrivant des poèmes à Freud...

- Vous n'avez laissé aux croyants que leurs oreilles pour pleurer...

- On les a surtout arrachés à vos rêves soumis, à vos morales anxieuses et glacées; vos espoirs improbables les abandonnent chaque matin lorsqu'ils se lèvent pour gagner le droit de respirer, à heure fixe, les mains calleuses, les poumons serrés, les burnes gelées par l'ouvrage et les bonnes mœurs... C'est pas tout, mais je rentre avant de refaire ma crise d'adolescence!...

- N'oubliez pas vos streptocoques en partant... lui envoya l'Hespéride en aspergeant son sillage d'eau de toilette.

Héphaïstos modifia le point de vue de son explorateur chimérique et inversa le processus de visionnage...

Valérian était pétri de dégoût…

Les hurlements sodomites mêlés aux effluves de cervelles rôties qui s'échappaient des ouvertures suintantes de bitume donnaient un aperçu du vivier de Silènes immondes et crasseux que la cité semblait abriter…

L'Hespéride tira sur un gong croûté de rouille. Une porte recouverte d'une peau suspecte s'entrouvrit et un Silène sarcastique apparut, exhalant sa fragrance de purin :

- Tiens ! Un bleu-bite… échauffez-vous les abdo, on va se marrer ! cria ce dernier à ses comparses qui éclatèrent de rire… Alors ! Ça vient s'enlever les doigts du cul ?...

- La porte là… Elle est recouverte de quoi ?

- De peau de nourrisson… j'ai trois pseudonymes mais le plus courant est Sadonix… c'était le nom de mon pitbull qui n'avait que cinq pattes, les trois autres ont été cramées pendant les olympiades de la trangénèse.

- Moi, c'est Valérian… jurez-moi que vous me laisserez ressortir de cet endroit… fit l'archange à la vue de son comité d'accueil.

- Qui voudrait quitter notre royaume de luxure ?!... Rétorqua le Silène dans l'hilarité générale, d'ailleurs, on n'a jamais empêché personne de partir… nous avons un minimum de sens chrétien…

Valérian et son convoyeur descendirent un escalier tapissé d'icônes pornographiques et dont des marches étaient hautes de trente centimètres…

- Désolé, il n'y a pas encore d'ascenseur… lança son guide, qu'importe la chute, pourvu qu'on ait l'ivresse !…

La délégation arriva devant une cathédrale, Sadonix alluma un écran de visionnage et Valérian vit apparaître un cardinal sous le feu nourri d'un canon à étrons qui bouffait la déclaration des droits de l'homme en chantant « God save the gouine ! » :

- S'il vous faut vomir, ne vous gênez pas... ça ravivera la moquette !...

Au niveau inférieur, Sadonix amena son invité au bord d'une fosse remplie de brutes enragées...

- Ça, c'est notre réserve de dingues... ils n'ont pas vu le soleil depuis des millénaires... régulièrement nous en envoyons deux ou trois sur la terre...

Au troisième niveau, le chaperon récita un vers d'Apollinaire dans un projecteur subliminal et Valérian, qui s'attendait au pire, se retrouva près d'un représentant des Nations Unies qui plongeait sa tête dans les entrailles de sa secrétaire pour jouer de l'harmonica avec son hymen :

- On n'allait pas vous laisser repartir avec une mauvaise impression !... se justifia le putride.

- À la prochaine apocalypse on pensera à changer la puce de vos cerveaux !

Surgissant d'une trappe, une gargouille aux pupilles écarlates passa près d'eux en fredonnant une mauvaise rengaine...

- C'est Belkébite, mon rejeton ! confia Sadonix, ému.

La boule de suif s'arrêta pour embrasser son paternel :

- Je vous dis au revoir, père !... Le temps est venu pour moi d'aller répandre le fascisme et la corruption sur la terre...

- Je suis fier de toi, mon fils... va... et que Dieu te protège...

- M'en parle pas !... Le vigile du club sado-maso l'a vu y entrer avec une fausse moustache et des lunettes noires... On se demande comment ses fans n'ont jamais trouvé douteuse cette façon de se laisser crucifier... lança Belkébite en les quittant dans un horrible éclat de rire.

- Tu vois, la vraie vie n'est pas ailleurs !... confirma le géniteur à son hôte de plus en plus outré, la bidoche est faite pour saigner, mon salaud !... N'en déplaise à ton ego, les scrupules sont des capotes percées !...

- Je ne vois là que pourriture et misère... vous vous faites croire que ces amusements sont la vie, alors qu'ils ne font qu'enfermer vos victimes dans les égouts de leur cerveau...

- Les plus beaux chants marins remontent des abysses et seule une fine couche de lave refroidie sépare vos jolies plages du magma de l'enfer...

- La vie est belle comme une fleur de printemps... tu as beau l'enterrer, elle jaillira où tu ne l'attends pas et s'accrochera à tes rêves comme ton enfance s'agrippe à ton inconscient...

- Trop tard, j'ai déjà bouffé mon placenta...

Perplexe, Héphaïstos lissa sa jeune barbe et accéléra son navigateur numérique pour passer quelques pages...

...Valérian suivit son hôte à travers les galeries et se retrouva face à un stade rempli de zombies léthargiques...

- Voici, l'esplanade du crétinisme... on incite la génération spontanée à faire la « ola » sur un plateau télé en votant sur Internet qui de l'Immaculée-Conception ou de Lucifer devra quitter le *loft* en premier...

- Toutes les idées vous sont bonnes pour livrer la planète à une bande de joyeux drilles insouciants et cupides...

- T'as pas idée de la fascination que produit le simple terme « Nouvelles Technologies » sur les imbéciles...

La délégation s'engouffra sous un petit porche discret...

- C'est ici que sont entassées les religions que l'on vous a piquées... Quels magnifiques bistouris à névrose, n'est-ce pas ?...

- Peu importe, nous avons trouvé le moyen d'éclairer à nouveau les pistes de l'inconscient avec une vraie poésie sans psaume ni sonnet folklorique...

- Vive les versets sataniques ! Je suis pour l'atterrissage en aveugle et le transit intestinal... N'en déplaise à la littérature, quand le diable éternue, son absinthe se répand sur vos proses statiques...

- Votre cynisme est de plus en plus assommant !

Sadonix et Valérian se retrouvèrent ensuite devant une porte dérobée d'où s'échappaient des cris de plaisir et de douleur...

- Bonsoir, monsieur le juge... lança le guide à l'individu qui en sortait caché sous une cape... Ah ! Les ingrats, ça ne vous dit même plus bonjour, les clients ne sont plus ce qu'ils étaient... Au nom du père, du vice et du sein pétri, amène-toi là où certains se cachent de leurs admirateurs...

- Vous êtes le chaînon manquant entre l'âne bâté et le singe hydrocéphale.

- Ça pourrait être une raison de vivre comme une autre...

- Vous prônez l'illusion d'un bonheur qui condamne celui qui le cherche à ne pas l'atteindre... c'est peut-être ce qui vous rend bête et méchant...

- Le bonheur n'est-il pas dans un talent qui refuse un destin conditionné ?

- En tout cas, pas dans le retour à la condition animale !

- Et si la vie était un magnifique alliage de contradictions ?...

Zeus déboula dans le coin d'éternité de son fils et se mit en rogne :

- Héphaïstos ! Cesse de jouer avec cet appareil et range ce désordre...

- Attends, j'ai pas fini !... geignit le petit Dieu qui aurait bien voulu aller au bout de son jeu du monde.

- On n'aurait jamais dû t'offrir cet engin... encore une idée de ta mère... s'exaspéra le divin paternel.

Héra entendit les médisances de son époux :

- Tu peux parler ! Quand il n'y joue pas c'est toi qui t'y colles...

*

*   *

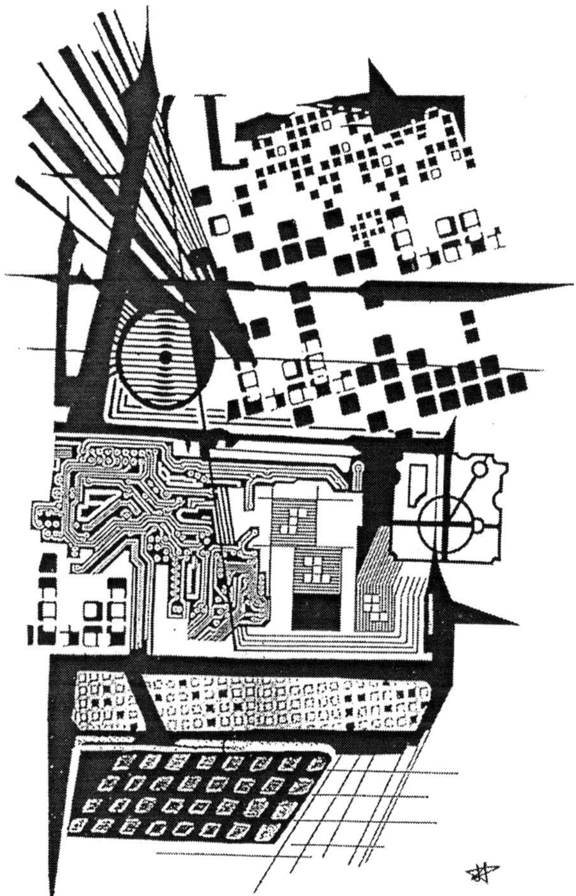

PARENTHÈSE...

La langue française est formidable !

Prenez le verbe renfrogner ou plutôt se renfrogner puisqu'il semble être converti à la doctrine pronominale... Ce qui dresse un premier obstacle à sa popularité... Si j'avais envie de renfrogner ma femme de ménage?... J'en ai pas... Pourrais-je alors renfrogner mon dentiste? Non plus ! Cette particule renvoie à un ressentiment néo-narcissique qui expédie le sujet dans une crise existentielle autonome voire autodestructrice... Qui se renfrogne, ne doit pas mêler les autres à son problème...

Même consommé en adjectif, celui qui en est affublé ne peut encore s'en prendre qu'à lui. La morphologie du mot révèle un préfixe « rentrant » suivi d'un radical phonétiquement noué voire hargneux qui laisse entendre que si vous êtes renfrogné(e), c'est votre faute... Personne ne sort renfrogné du ventre de sa mère... ou alors, faut vraiment tomber mal...

Que dit le p'tit Larousse : **Renfrogner (se)** - *du gaulois frogna (nez)* - Un bien de chez nous, c'est assez rare pour être souligné - *Manifester son mécontentement ou sa mauvaise humeur en contractant le visage* - Il suffit donc de muscler sa frimousse en forçant l'action dans la région du nez pour se voir attribuer ce qualificatif à la subtilité douteuse...

Tout un art...

J'en connais qui ne se renfrogneront jamais de leur vie et d'autres qui le font constamment sans le savoir... Depuis quelques jours je me surprends à les guetter dans la rue, dans les magasins... Parfois, je m'assieds sur un banc et attends d'en voir passer... La dernière fois, j'en ai surpris un qui l'était de façon évidente... Je lui ai bondi dessus, « Savez-vous au moins pourquoi vous vous êtes renfrogné ?! ».

Hier, le facteur s'est fait enguirlander devant moi par la voisine pour une sombre affaire de recommandé... J'étais aux anges... Un flagrant délit de renfrognage-live avec passage de l'attitude naturelle à celle de postier renfrogné de première... J'ai regretté de ne pas avoir eu un caméscope...

L'ambiguïté du vocable ne s'arrête pas là... Mettez-vous devant une glace et tentez de vous renfrogner de but en blanc... juste pour voir... y'a sûrement un miroir pas loin... allez-y... j'insiste... Je vous attends...

...

Alors ?... Vous vous êtes senti(e) con(ne) ? Normal... Il est presque impossible de se renfrogner sans se rendre ridicule. Pourtant, rien dans sa définition comme dans son usage n'avertit le sujet que la tête qu'il est en train de faire le diminue vis-à-vis de son renfrogneur... La victime subit non seulement les dommages de l'opération, mais se fait refaire le portrait pour pas un rond...

Quel usage ?!... Vont me dire les plus malins...

Vous répondriez à qui vous demande ce qui ne va pas, « Je suis juste un peu renfrogné, m'sieur le directeur ! » ? Vous asséneriez à votre conjoint, « Commence pas à te renfrogner ! » ? Même un type qui découvre qu'il est cocu ne penserait pas à l'être en toute connaissance du terme...

Alors, où est l'embrouille ?...

Dans votre bibliothèque...

Ce verbum prono-minus est plus prisé qu'on le croit par des écrivains pervers qui manient la langue à grands coups de hache avec une propension à placer ce décrépiteur de minois à tout bout de phrase...

Vous pouvez vérifier...

Ceci dit, les forçats de la plume méritent bien qu'on leur accorde les circonstances atténuantes... La quantité insoupçonnable de rictus évoqués pouvant ainsi s'adapter à une aussi grande quantité de conjonctures, l'auteur se sort de sa galère descriptive en noyant son personnage dans un délit de sale gueule hasardeux avec lequel le lecteur doit se dépatouiller seul...

« Son amant se renfrogna... »

Démerdez-vous !...

Au vu de la quantité de bois ainsi sauvée dans un livre, les écolos seraient tentés de recommander son application massive... Pourtant, Dieu sait que la belle langue de Molière, l'une des plus nuancées et des plus riches du monde, ne manque pas de synonymes et d'expressions capables de nous dépeindre des grimaces les plus baroques qui soient.

Comment?… C'est l'hôpital qui se fout de la charité? (voir page 58) Vous l'aurez voulu… Je fais ici même le serment d'écarter définitivement cette paresseuse commodité de tous mes textes à venir…

À qui viendrait râler en disant, « Mmouais… y'avait pas de quoi en faire un fromage ! », je répondrais que je l'encrotte (emmerde plus joli), que je suis comme ça et qu'on ne peut me refaire… lorsqu'une idée me taraude, elle me taraude jusqu'au bout…

Tiens… D'ailleurs, qu'est-ce qui vous taraude, à vous ? !… Vous êtes vous déjà fait tarauder par quelque chose? Allez dire à qui vous demande de vos nouvelles que vous êtes un peu taraudé(e)…

Rien que pour voir…

*

* *

LE SOURIRE DE MONNA

Il est des questions comme celle de savoir qui a inventé le bikini qui laissent penser que l'Histoire nous cache encore bien des choses...

C'est Guiliano de Médicis, alors protecteur de Léonard de Vinci, qui, en 1503, commanda le portrait de Monna Lisa (date controversée par certains experts qui le situent en 1513). Quoi qu'il en soit, après quatre ans de travail, le tableau fut acheté pour quatre mille écus par François 1er et conservé au château de Fontainebleau. Hormis la possible erreur d'identité soutenue par un certain Gaddiano selon laquelle la Joconde serait la fille d'un riche négociant napolitain, et les incertitudes sur ses périodes de conservation, ce dont il est question ici ne concerne pas le portrait exposé au Louvre, mais une représentation plus marquée de son héroïne...

Selon un groupe d'enquêteurs dissolus, lors d'une visite surprise dans l'atelier de Léonard, son ami Antonio de Béatis aurait aperçu la représentation d'une muse ayant les traits de dame Giocondo et se livrant, dans le plus simple appareil, à une activité pour le moins « licencieuse ».

L'œuvre, dont l'artiste se serait gardé de faire état dans ses catalogues, aurait été commandée par un baron génois en échange de sept mille écus. De Vinci aurait avoué avoir, à l'occasion, découvert enfin les vrais plaisirs de la peinture. Cette toile ayant disparu de la circulation à la mort du baron, personne ne saura jamais à quels passe-temps inavouables l'artiste faisait allusion.

Dans une page arrachée au livre d'inventaire du musée des Tuileries de 1716 retrouvée chez un notaire parisien, le conservateur Bailly aurait référencé une œuvre présentant la courtisane dans une pose à reléguer le kamassoutra au rayon bricolage. La mention « La garce ! » au bas de la relique et sa suspecte soustraction du registre officiel laisseraient penser que ceux qui eurent connaissance de cette toile imaginaient les risques que sa révélation ferait peser sur l'ordre public.

En 1760, Henri Jeaurat, directeur des bâtiments du roi, mentionnerait l'offre de vente d'un tableau préjudiciable à l'honneur de Monna déjà célèbre. Jeaurat n'ayant pas jugé la chose crédible, ne lui aurait, dans un temps, pas donné suite. Louis XV aurait eu vent de l'affaire et aurait exigé de voir la vicelardise dans un lieu tenu secret. Le vendeur craignant les foudres du monarque, aurait décliné l'invitation pour s'évanouir dans la nature.

Ce n'est pas tout… Le journal d'un officier de la garde de Napoléon Bonaparte, retrouvé dans une résidence autrichienne, établirait de suspectes corrélations entre les démêlés de l'empereur avec le Pape Pie VII, sa rupture avec Joséphine de Beauharnais et l'acquisition, à cette période, d'une toile non-identifiée.

Romuald Debauville, secrétaire du conservateur du musée des Tuileries, aurait par ailleurs référencé, en 1824, une œuvre ramenée de Sainte-Hélène à la mort de l'empereur par le général de Montholon et vendue au Cardinal Louis-José d'Aragon qui se serait exclamé : « Elle ferait bander un Pape et son concile ! ». Debauville aurait terminé sa fiche technique par la réflexion suivante : « Le vernis utilisé pour ses qualités protectrices, qui assombrit et satine le célèbre portrait, se révèle, sur les parties intimes du modèle, d'un surprenant effet ».

Durant son interrogatoire policier, Vincenzo Peruggia qui, en 1911, avait volé la Joconde au musée du Louvre, aurait aussi affirmé posséder une reproduction de la Florentine « Se faisant des choses avec un objet contondant ». Peruggia aurait justifié son forfait par le plaisir qu'il aurait eu à contempler dame Lisa dans une confrontation ludique des poses juxtaposées (l'une chaste, l'autre perverse). Le voleur n'ayant fourni aucune preuve les corroborant, ces allégations furent rayées du procès-verbal.

Pour finir... Un document trouvé chez un éditeur décédé, rapporterait que le ministre des arts André Malraux aurait brusquement quitté la réception organisée, en 1963, en l'honneur de la Joconde exposée au National Gallery de Washington, pour rencontrer un collectionneur new-yorkais possesseur « d'un brûlot pictural » censé laminer la vertu de la Florentine.

Les troublions à l'origine de ces surprenantes révélations affirment être sur le point d'identifier le détenteur actuel de la subversive épreuve.

Les réactions ne se sont pas fait attendre…

Le conservateur en chef du Louvre dénonce une enquête honteuse… et précise qu'un « nu » intitulé Monna Vanna représentant le buste d'une courtisane dénudée ayant les traits de la Joconde existe déjà, et qu'il est impensable que Léonard ait pu se livrer, au cœur de la Renaissance, à des pratiques pornographiques avec une figure de la noblesse transalpine.

Selon les fauteurs de trouble, cette Monna Vanna attribuée par erreur à de Vinci, serait en fait une toile de Raphaël momentanément influencé par l'artiste-ingénieur.

Des ligues de vertus ayant porté l'affaire en référé, des experts se sont réunis à Paris pour vérifier ce que les admirateurs de Léonard dénoncent comme un « crime de lèse postérité ».

Les objets de la procédure assurent que leurs recherches n'étant pas terminées, un délai leur est nécessaire pour identifier le propriétaire du coffre d'une banque suisse dans lequel la toile serait, selon eux, conservée.

Sur l'esplanade du Louvre, des manifestants se sont affrontés à coup d'invectives contradictoires. Les uns réclamant que l'on préserve la mémoire du plus grand artiste de l'histoire… et les autres, que l'on dévoile la nature véritable de l'art vénitien du XVIe siècle en le libérant de ses préjugés judéo-chrétiens.

Face aux menaces d'attentat prises au sérieux par le Quai d'Orsay, le préfet de Paris en accord avec le ministère de la culture a ordonné hier la fermeture momentanée du palais du Louvre au public.

De même, plusieurs correspondants de presse à Tokyo signalent une vague de suicides d'admirateurs japonais qui voyaient en la déchue l'icône éternelle de l'art occidental et de son élégance. Des intellectuels en seraient même venus à attribuer des origines asiatiques à la Joconde, arguant un érotisme nippon partagé par un Léonard de Vinci hédoniste.

Un collectif d'artistes contemporains profiterait de l'aubaine pour affirmer qu'une telle vision de la Florentine révélerait la salutaire rupture du peintre avec une Renaissance fermée dans sa vision mystique et puritaine du monde. Selon eux, l'audace de l'inventeur serait une gifle au formalisme conservateur du style figuratif qui ignore les réalités du monde intérieur en se réfugiant dans un esthétisme surfait.

Ce à quoi les défenseurs du genre académique auraient répondu que, si le scandale était avéré, les études surréalistes des plasticiens contemporains n'en seraient que plus réduites à un mouvement anarchique utilisant les déviances de la pensée créatrice pour cacher son improductivité derrière d'obscures démarches conceptuelles.

Le réseau Internet semble depuis se polluer de Monna Lisa virtuelles exhibées dans des poses qui n'auraient pour limites que l'imagination des pirates. Des CD-ROM la faisant participer à des scènes pornographiques auraient même été saisis par la police.

MY LÉONARD
IS RICH !..

Le gratin médiatique de la planète déverse, à toute heure, un flot de reportages allant des sceptiques, jusqu'aux extrémistes des deux tendances. Certains n'hésitant pas à demander que le portrait de la « traînée », confiné sous haute protection dans les sous-sols du Louvre, soit détruit au lance-flammes, que le peintre débauché soit banni du patrimoine mondial de l'UNESCO et que la chapelle Sixtine soit passée sans délai sous un bulldozer.

Le Saint-père, profitant de sa récente élection, serait intervenu pour que soit créé un comité de salut chargé, si son authentification était faite, d'observer la croûte en détail et de décider de son devenir dans le sérail culturel planétaire... Comité dont il se serait d'office désigné président...

Dépassant le crêpage de chignon d'experts, le schisme pourrait, après la guerre froide Est-Ouest et la fracture économique Nord-Sud, diviser la planète en deux camps : les tenants d'un humanisme d'obédience divine, d'une part, et ceux d'un constat lucide d'obédience freudienne de l'autre.

Dès lors, une série de questions cruciales se posent : Bartoloméo del Giocondo était-il cocu ?... Son épouse s'est-elle compromise avec le plus génial créateur de l'histoire de l'art pour profaner une œuvre intemporelle dans un vil scandale à retardement ?... L'énigmatique sourire qu'arbore l'intéressée sur le portrait cache-t-il une libertine liaison avec l'artiste italien ?... De même, attribuerait-on à Michel-Ange une homosexualité bannie par les mœurs de l'époque, sous prétexte que son David ne serait qu'un exutoire à une passion inavouée ?... Delacroix cachait-il une obsession partouzarde à travers les effusions lyriques de ses œuvres dont certaines feraient penser aux parties fines auxquelles il aurait participé ?...

Ces interrogations à faire bouffer leurs lunettes aux historiens d'art illustreront-elles l'idée que le principal défi d'une création de l'esprit est de soumettre à notre imaginaire un reliquat de transgressions salutaires à l'équilibre des sociétés ?...

J'oubliais... toute ressemblance avec des événements historiques ou des documents ayant réellement existé est purement fortuite...

*

* *

LA FOUDRE DE GÜÉORGUI

Il regarda sa nuque et s'attendrit sur les mèches qui s'échappaient de son turban... On aurait dit que le ciel versait exprès ses trombes d'eau pour gâcher leur bonheur. En vain, car ils se foutaient bien de ces désagréments météo... Elle se serrait contre lui pour se réchauffer... Il la couvrait de son manteau...

Ils marchaient au pas et goûtaient en silence cet instant où leurs corps fusionnaient comme s'ils ne devaient plus jamais se quitter...

Il lui arrivait parfois de se taire au milieu d'une phrase voyant qu'elle souriait pour se moquer gentiment de l'enthousiasme dont il faisait soudain preuve pour un sujet anodin.

Ils semblaient n'avoir vécu que pour se forger cet alliage précieux dans lequel ils rêvaient de se fondre avant même de se connaître... un peu comme un rendez-vous mystérieux qui les aurait foudroyés au détour d'une rue... Au point qu'ils oubliaient qu'ils vivaient dans un pays traversé par toutes les

haines du monde, que le bonheur sur terre ne pouvait être que le sommeil fragile d'une réalité qui finit toujours par se réveiller…

Le ciel avait cessé son averse et un pressentiment troublant lui donna envie de l'embrasser au beau milieu du boulevard, lui dire encore qu'il l'aimait, insuffler une frêle étoile dans ce ciel tourmenté. Il trouva son idée saugrenue dans cette nuit d'hiver, se ravisa en pensant qu'ils étaient tout près de leur appartement…

Un coup de feu tonna dans la ville. La déflagration lui rappela cette guerre qui durait depuis plusieurs années. Ils n'avaient pas la chance d'être à Paris, Rome ou New-york, mais à Sarajevo où les armes automatiques des snipers martèlent les journées et les nuits de couvre-feu… Il allait lui dire qu'ils devaient se dépêcher, lorsque claqua un deuxième coup de tonnerre dont cette fois il n'entendit pas le sifflement.

Pensant qu'elle avait dérapé, il vit, sans comprendre, s'affaisser en silence ce corps aimé… son regard s'était éteint et de ses lèvres un filet vermeil se mit à couler…

…Au dernier étage d'un immeuble vide, Güeorgui décapsula une canette de bière en se disant qu'il avait bien fait de rester à son poste.

Güeorgui se félicitait de cette guerre qui avait enflammé sa vie de carrossier médiocre… cela faisait longtemps que lui et ses potes attendaient de se défouler… toutes ces années à s'emmerder, à fermer sa gueule, à supporter ces étrangers, les cris de ses marmots, la figure de leur mère qui lui sortait par les yeux… Le lieutenant lui avait expliqué qu'en étant sniper il monterait en grade, qu'on parlerait de lui dans la région... Il n'avait qu'un regret, celui de manquer le prochain raid à Sébrenisca... « On y trouve toujours des souris fraîches à se taper pour pas un rond » pensa-t-il.

En enclenchant la sécurité de son fusil, il se remémora la tête de ce colonel anglais quand son chef lui avait lancé que son convoi ne passerait pas et qu'il pouvait s'enfiler ses sacs de riz dans le cul... Güeorgui refit le geste de la mise en joue, imita le bruit de la balle en sifflant et regretta d'avoir manqué l'autre qui se trouvait à côté...

Il compta les munitions qu'il lui restait et s'endormit en rêvant de bibliothèques croulant sous les bombes incendiaires...

*

* *

LE SYLVESTRE

Le Sylvestre ne faisait rien comme tout le monde…

Ses géniteurs le baptisèrent ainsi car, non content de naître la nuit du réveillon, le nourrisson avait embarrassé l'administration de la clinique en quittant, d'après le chronomètre de la salle d'opération, le ventre de sa mère à exactement 00 h 00 min 00 s.

Jusqu'à ce qu'un magistrat eût tranché la question six jours plus tard, le bouchon qui poussa son premier cri en marge du calendrier, n'avait pas de date de naissance connue… La messe était dite : ce refus prémonitoire de s'engager dans le continuum temporel laissait présager une vie aussi incongrue que sa nativité le laissait craindre.

Ses instituteurs, puis ses professeurs qui furent les premiers à faire les frais de ses verbiages crispants, se rendirent vite compte que Sylvestre ne serait pas un enfant banal : n'écoutant rien ni personne, le « cancre » ne s'éveillait à la vie que pour proférer un volubile baratin.

Ses parents, qui n'avaient pas d'autre progéniture, étaient assez fiers du caractère si particulier de leur fils… considérant que leur marmot avait le profil indiscutable d'un génie en herbe… En plus de sa façon originale de s'exprimer, Sylvestre cultivait un faux air d'imbécile heureux sympathique et une allure cocasse qui versait parfois dans le comique.

Arrivé à l'âge de faire son service national, encore en vigueur à cette époque, il paraissait si content de participer à ce qu'il appelait « Une grande aventure », qu'à l'inverse de ses camarades, il avait déjà ses affaires prêtes pour les grandes campagnes militaires issues de sa seule imagination.

Lorsque les psychologues militaires lui demandèrent pourquoi il était volontaire pour le régiment le plus coriace de l'armée, il leur servit ceci :

- *Il semble, messieurs les psychothérapeutes, que je sois la proie du doute existentiel suivant : suis-je ou ne suis-je pas capable d'affronter ce qui, pour le commun du mortel présente la promesse de brimades et de souffrances mais qui, pour ma part, permettra, à cette valeureuse épreuve civique de remplir mon destin et d'accélérer enfin ma mutation maturative ! De plus, je suis fortement intéressé par l'idée de me mesurer à la chose militaire qui, même si elle exige peu d'intelligence, n'en exagère pas moins son impuissance à la réflexion sur ses propres grandeurs et servitudes…*

On le réforma pour « instabilité psychologique ».

Il en fut de même lors de sa première et tardive ébauche amoureuse.

Le Sylvestre, assis en face de sa « promise » à la terrasse d'un café quelques jours après leur rencontre, lui déclara qu'il n'accepterait de passer la bague au doigt qu'après lui avoir fait passer une épreuve de vérité.

Étonnée (malgré les facéties que Sylvestre lui avait déjà fait subir) la jeune femme qui n'avait rien demandé, attendait de savoir ce dont il s'agissait…

- *Voyez-vous ma chère...* lança le Sylvestre, *je comprends que vous puissiez être amoureuse de ma personne autant que je le suis de la vôtre, mais ce que je vais faire dans une minute, je ne le referai point durant le temps que nous passerons ensemble. Malheureusement je me dois de l'exécuter pour l'encombrante raison qu'un homme doit démontrer à sa femme que la force d'un couple n'est jamais assez solide pour en rester le maître. J'espère ainsi écarter toute confusion sur ma personnalité de nature souple mais pas pour autant molle... car, comme le souligne le bon sens populaire, il est bon de prévenir plutôt que de guérir...*

La fiancée reçut une baffe magistrale, suivie des excuses suivantes :

- *Je vous prie de pardonner ce geste brusque en contradiction avec l'affection que je vous porte. Toutefois, l'anticipation étant cousine de la sagesse, il m'a fallu, de manière brutale, poser les jalons de ce qui sera, je l'espère, une relation conjugale ferme et sans faille, afin que vous ne preniez pas ma gentillesse et ma prévenance future pour de la faib...*

La « victime » se leva en lui rendant sa gifle, lui conseilla d'aller voir un psychiatre et le laissa planté avec son Perrier-citron à la terrasse du café.

Après que ses parents eurent essayé de lui faire faire de la comédie, et qu'il se soit fait renvoyer de toutes les écoles de théâtre, le Sylvestre dut exercer le seul métier qu'il semblait pouvoir exercer… celui de représentant de commerce…

Les patrons des premières entreprises démarchées l'ayant jeté à la porte au bout de quelques minutes d'entretien d'embauche, il en rencontra un qui, faisant preuve de patience, devina chez Sylvestre la capacité de vendre un réfrigérateur en panne à un esquimau et de le persuader d'avoir fait l'affaire du siècle…

Si son directeur avait vu juste, ses succès commerciaux n'étaient pas seulement dus à son goût du discours… mais à ce que les clients qu'il visitait se débarrassaient de ses interminables oraisons en signant ses bons de commande, espérant ainsi ne plus le revoir. Quant à Sylvestre qui n'entendait pas grand-chose aux chiffres d'affaires, touchait les primes en n'étant motivé que par la possibilité qui lui était offerte de voir du monde et de palabrer à sa guise…

Ayant dû plusieurs fois changer de domicile à cause des pétitions des voisins qui poussaient ses propriétaires à rompre ses baux (lui reprochant les débordements qui submergeaient celui qui se risquait à lui dire « bonjour » dans l'ascenseur), Sylvestre avait fini par partir s'installer dans la campagne environnante, dans une petite maison forestière entourée d'une clairière où même la faune s'abstenait de lui adresser la parole… Tout comme les chats de gouttière qui le croisaient en ville en évitant de miauler…

Au fond de lui, Sylvestre s'attristait parfois de la réaction des gens, et pensait que ces désagréments venaient d'un manque de « communicabilité » chronique. Il regrettait ce mépris pour l'art du discours qui lui semblait le moyen le plus merveilleux que l'évolution naturelle pouvait mettre à la disposition du vivant…

Son cœur exalté sous la main, Sylvestre ne se privait pas d'utiliser les mots, les tournures de phrases précieuses acquises de façon innée… Il allait en ville et engageait la conversation avec la première victime qu'il croisait... manipulait les idées avec jubilation et au gré de son humeur...

Comme un peintre jouerait des couleurs avec son pinceau, lui, jouait de la vie avec les brosses des verbes châtiés.

Dans une boulangerie dans laquelle Sylvestre venait d'entrer par simple curiosité... l'employée aux écoutilles tannées des « mono-phrases » habituelles vit arriver vers elle un type à l'air décidé :

- *Précieuse artisane... savez-vous qu'en pénétrant dans ce charmant et rustique commerce dans le but de me fournir en ce que le prolétariat s'échine à gagner à la sueur de son front... je me suis demandé par quel art ou façonnage miraculeux, quelques parcelles de blé cultivées dans des conditions non moins miraculeuses, pouvaient se métamorphoser en cette sublime couronne de pâte souple et délicatement dorée!... Ne trouvez-vous pas là une formidable révélation du génie de l'homme et la récompense de ses efforts?... car bien peu d'êtres vivants sur terre peuvent s'enorgueillir de façonner leur nourriture et de transformer à leur profit la générosité que mère nature met à la dispo...*

La commerçante interrompit le calvaire d'un « ...Bon alors! qu'est-ce que ce s'ra?... » nerveux.

Sylvestre aimait le chant de la foule... Il passait des heures, après son travail, à se promener en ville, dans les rues fardées où s'envolaient toujours quelques-unes de ses rêveries grisées...

S'asseyant à la terrasse d'un café, la diversité des visages ne cessait de l'intéresser... Tel un clochard bourgeois installé dans la Limousine de ses pensées, il imaginait la vie des gens, leur personnalité à partir de rien, une attitude, une allure. Il considérait le monde comme une source intarissable d'inspiration et passait son temps à donner un sens ou une émotion subtile à tout ce qu'il voyait. Comme on le ferait devant une sculpture, lui, décelait à travers une banalité une chose singulière ou merveilleuse qui rendait sa vie légère et colorée.

Le Sylvestre vivait ainsi dans sa bulle bavarde sans se soucier de ceux qui ne comprenaient pas que l'on puisse voir la vie de cette manière. Même dans son emploi de représentant, il œuvrait à son gré et quiconque tentait de le faire agir normalement, s'exposait à un réquisitoire courtois et interminable, dégoûtant à jamais l'imprudent de se mêler de ses affaires...

Jusqu'au jour où un litige éclata entre les automobilistes responsables d'un accident de la circulation. L'accrochage était équivoque et les deux protagonistes refusèrent de remplir le constat sans une intervention de la police. Le choc carrossier ayant été spectaculaire, une foule de badauds s'était rassemblée.

Sur les lieux, les agents commencèrent par écouter les versions des deux chauffeurs, reconstituèrent le trajet des véhicules et virent rapidement qu'il serait difficile de départager les responsabilités. L'un des policiers s'adressa aux curieux :

- Un témoin aurait-il vu l'accident ?

L'agent ne se faisait guère d'illusion. Autour de lui on se dévisageait, faisait semblant de regarder ailleurs ou s'en allait et, à part quelques chuchotements, rien d'autre ne vint à ses oreilles qu'une voix clairement articulée qui se fit soudain entendre de derrière le mur de quidams :

- Il semblerait... messieurs les représentants de la force publique... que nous soyons en présence d'un cas très révélateur de ce qui caractérise malheureusement l'espèce humaine et qui, par conséquent, nous différencie de la naturelle authenticité animale !... je veux parler, vous l'aurez deviné, de la mauvaise foi !...

Tous les visages se tournèrent du côté d'où semblait venir le discours et chacun put voir son auteur se faufiler entre les curieux pour s'approcher du lieu de discorde…

Après s'être un instant arrêté sur son allure clownesque, le policier demanda sans sourciller :

- Vous avez vu l'accident ?

Le Sylvestre enleva son chapeau en signe de respect et lâcha :

- *Croyez-vous… brave fonctionnaire… que je me serais permis de troubler votre délicate enquête, si je n'avais été qu'un vulgaire spectateur de ce qui n'est d'ailleurs malheureusement pas un spectacle, mais que la population, ici présente, a pourtant l'air d'apprécier comme tel, sans chercher à se rendre un tant soit peu utile !…*

L'agent reconsidéra cet hurluberlu et ne trouva pas nécessaire de relever sa remarque. Après avoir noté son identité et son adresse, l'agent lui demanda laquelle des versions des automobilistes était la bonne… et reçut une apostrophe ainsi soignée :

- *Monsieur le gardien de la paix !… pour comprendre ma position, vous devez préalablement savoir que je nourris depuis fort longtemps le besoin de participer à la manifestation de la justice, je veux parler de la justice par la vérité… Honorable fonctionnaire… celle-là même que l'être humain fuit par crainte de se voir tel qu'il est en face du miroir infini de la parole ! Car seuls des mots précis et mesurés affinent la pertinence et écrasent le mensonge par le glaive de cette même vérité ! Donc, les hasards de la vie, dans leur magnificence, m'offrant l'occasion tant espérée de trancher une…*

Le préposé s'aperçut que les badauds ricanaient dans son dos.

- Hé ! Ho !… J'ai pas besoin d'une conférence, il me faut juste noter ce que vous avez vu !

Il en fallait plus pour déconcerter Sylvestre :

- J'y venais, sous-officier !... mais devant votre impatience, je me vois contraint d'occulter une partie de mon discours et de vous dire mon souhait de ne pas révéler cette vérité avant que la situation ne soit équitablement examinée par un juge de paix, ou un tribunal légitime, seuls auditoires compétents pour départager ce litige !...

Excédé, le policier envoya le bavard se faire voir ailleurs et inscrivit sur le procès-verbal les coordonnées de ce témoin qui refusait de lui faire une déclaration... « pour des motifs abstraits »... précisa le rédacteur du document officiel.

Deux mois s'écoulèrent avant que l'avocat censé défendre l'un des chauffeurs contacta Sylvestre en lui envoyant une vulgaire attestation sur l'honneur à remplir et à retourner par la poste.

Bien décidé à participer à la manifestation de « sa » vérité, Sylvestre téléphona à son cabinet, revendiquant son droit à faire sa déclaration de vive voix lors de l'audience de jugement. La secrétaire, sachant son patron très occupé, avait tenté de résister à son correspondant en lui expliquant que sa démarche était inutile, mais, devant l'ergotage envahissant de Sylvestre, lui avait accordé son rendez-vous pour ne plus avoir à l'entendre.

Le jour venu, l'avocat écouta calmement le « justicier » déblatérer sur les grandeurs et faiblesses de la nature humaine et sur les accidents de la circulation... Il finit par l'interrompre et lui déclarer :

- Cher monsieur, si je vous cite à comparaître, aucun tribunal n'aura la patience d'entendre votre plaidoirie de cour d'assise. Comprenez, seul l'avocat peut plaider aussi longtemps qu'il le juge nécessaire... c'est la loi... *personne ne peut interrompre la plaidoirie d'un avocat aussi longue qu'elle puisse être...*

Quelques années plus tard, « maître Sylvestre sur son verbe perché » devint un des défenseurs les plus heureux et les plus craints des tribunaux de France et de Navarre…

*

* *

REALITY-WALL

Ce qui suit était écrit tel quel dans divers lieux publics...

...Bienvenue en enfer ! / FREEDOM NO LIMIT / James Bond cherche girl-bond à kiffer / EMINEM King of the world / Décide tu futuro / L'art ne sert pas ceux qui ont faim / Les murs de la ville sentent la sueur et le mépris ! / M.C BAR-BAR CANNIBAL RACIST SYSTEM / Y'en a marre des galères et de la misère / Avec tous les os de tes morts je construis une échelle pour venir niquer ta mère / Quand ça va mal pense Jamaïque / Mon sang pourri coulera un jour dans tes veines / 1,2,3, nous allons au bois, 4,5,6, cueillir des cerises, 7,8,9, baiser tous les keufs / Celui qui te paye à nettoyer ce mur est un enfoiré / CLAUDE MC bouge de là ! / La guigne est de retour / PEACE AND HARMONY ON THE WORLD / Jessica reine de la came / Peuples du monde levez-vous ! / Je hais ce repentir que la réussite apporte / A mort les fachos / Toi t'es né là-bas et moi je crève ici / STARK VAMPIR POWER / Marseille la chatte moisie de la France / Parigo de mes deux, on te la fera bouffer / Prière d'utiliser mon cul

DJ.S

comme une poubelle / Les gens heureux n'ont rien à dire / Les soirs de béton, l'espoir fait de nos chansons les soleils d'une autre dimension / DEMOCRATIA CHIEBIA DZAZIRIA / A l'an 2000 reste tran-kill / Faut toujours que des abrutis salissent la ville de leur cris / Les certitudes n'existent pas… j'en suis sûr ! / Les filles des cités sont les plus belles du monde / RHAPSODIC CONNECTION / Lesbienne cherche foune à lécher / Quand je chie, je fais le vide dans ma tête / Toi qui n'as plus rien dans le crâne, sache que l'espoir fait vivre / Arrête de crâner tu vois pas que t'es chauve / TONIC POWER SYSTEM / Ni ghetto, ni haine / L'an 2000, espoir des cités ? / Je te ferais boire ma rage jusqu'à la lie / Nique le F.N / Fuck la police / Les Juifs au pouvoir / Les Arabes emmerdent les Juifs / La France a le cancer, Le Pen est sa chimiothérapie / Les Arabes sont des potes / Les Arabes sont tous des voleurs / Racistes, fils de putes / Vive le Front National / Celui qui a écrit ça est un gros pédé / Et la tendresse bordel / Ce chiotte est le seul vrai paradis sur terre / Arrête de te branler, tu vas noyer le monde / Le malheur donne de la force au mépris / Les plus gris ne sont pas toujours ceux que l'on croit / Stérilisons les cons ! / Je suis une abeille perdue dans les prés qui cherche une jolie fleur à butiner / Je suis un porc et je te baise la gueule / GUN-MC JUNKY STAR / Amandine, 19 ans, suceuse assermentée (sur rendez-vous) / Sur ce chiotte débonnaire je coule une merde sincère / DEF'BOND IS DEAD / Je m'appelle Aurélie, je suis battue, violée, enfermée, prostituée / Stationnement limité à deux branlettes / Julie et Vincent s'aiment pour la vie / Vincent pourquoi tu dis pas à Julie que t'es pédé ? / Police assassine / Avant d'écrire apprends à penser / Je suis seul et je passe ma vie à me secouer le gland ! / Vu ta gueule, sois heureux de pas être manchot ! / Tous ces gens pressés qui passent sans nous voir / Tu veux pas qu'on te lèche le cul aussi ?

/ KEEPIN'EM GUESSEN / Black power, girl power, même combat / J'en ai marre de lire toutes ces saletés sur les murs / On t'emmerde / MISSING PROPAGANG KREW / Je me branle 17 fois par jour, qui dit mieux ? / Moi, je te baise deux fois plus / Viva Corsica Liberta / Politique piège à cons / FEAT MC BARBAR / Je m'appelle Nique-tout et je suis juste derrière toi / Tu peux toujours courir / Internet usine à débiles / Votez écolo / Alice, je t'aime, me laisse pas mourir tout seul, signé David / David quand tu auras crevé, j'irai chier une colline de merde sur ta tombe, signé Alice / Connasse, sur une tombe on ne chie pas, on crache, signé B. V…

Aux « écriveurs » anonymes qui révèlent les véritables « murs » de nos villes…

*
*   *

MISE À L'ÉPREUVE

Laure Justin éclata en sanglots, aspergeant la vitre qui protégeait le bureau d'accueil, étala les éclaboussures avec son mouchoir déjà trempé et déclara au gendarme désemparé : « Ce serait pour porter plainte... »

Rasséréné, le militaire posa la question d'usage :

- C'est une plainte contre X ou contre quelqu'un en particulier?...

Laure répondit qu'elle connaissait la personne concernée et l'agent appela le gradé de permanence. Ce dernier apparut en resserrant son nœud de cravate et invita la plaignante à le suivre pour les formulaires d'usage.

Après l'avoir fait asseoir dans son bureau, il se présenta :

- Adjudant-chef Carbone !... Alors, de quoi s'agit-il exactement ?

Laure épongea ses dernières larmes et déclara d'une voix terne :

- Je porte plainte contre mon mari pour le meurtre de notre fils !

L'adjudant-chef qui s'échinait à trouver le bon formulaire sur son ordinateur, releva la tête d'un air goguenard :

- Un meurtre?... ah!... vous êtes sûre que c'est votre mari qui l'a tué?...
- J'en mettrais mon sein au feu, m'sieur l'policier... fit-elle en posant la main qui serrait le mouchoir trempé sur son mamelon droit.
- Votre sss... hum!... passons... où se trouve le corps de la victime?
- Vous devriez poser cette question au tueur...
- Si vous ne savez pas où est le corps comment savez-vous qu'il est mort...
- Le problème, m'sieur l'agent, c'est que mon mari a kidnappé Mathieu avant de l'assassiner... je ne sais donc pas où se trouve son cadavre!!

Une première enquête sommaire effectuée, le capitaine Rives avait réuni l'adjudant-chef Carbone et ses adjoints pour évoquer les suites à donner à l'affaire Justin. Sur le bureau impeccablement rangé de l'officier, un vieux magnétophone faisait office de désordre...
L'adjudant-chef prit la parole :
- Les témoignages des voisins et du personnel de l'école accréditent les dires de Laure Justin... l'enfant aurait disparu depuis cinq jours, nous ne pouvons donc nous permettre de négliger l'affaire... et puis, nous avons écouté la cassette audio sur laquelle elle a enregistré à son insu les menaces de son époux... voici l'enregistrement!...
L'adjudant-chef fit un signe à son adjoint qui enclencha l'appareil d'un geste précautionneux... Après trois secondes de friture sonore, une voix grave se fit entendre dans le haut-parleur... ...« J'ai pas l'intention de me faire avoir! On verra qui est le plus malin!... Lui, on ne le retrouvera jamais!... Si tu te mets en travers de ma route, je te bousille aussi! »... ...Rires masculins de la même personne... « Tu vois là je

prends mon pied… t'en mènes pas large, hein?... tu sais que je suis capable de tout!... » La friture sonore reprit et le gendarme arrêta le défilement…

Un silence de plomb s'abattit sur les enquêteurs… L'émotion passée, ils se raccrochèrent à leurs préoccupations techniques…

- Je compte faire analyser la voix et la comparer avec celle de Robert Justin dès que nous l'aurons sous la main! reprit l'adjudant-chef. De plus, nous avons découvert une chaussette et un chiffon tachés de sang dans le coffre de sa voiture! D'après sa femme, cette chaussette était au pied de l'enfant la dernière fois qu'elle l'aurait vu vivant. Quant à l'éventuel cadavre, nos premières investigations n'ont rien donné!

Le capitaine Rives ayant décidé d'activer les recherches du mari, il était sur le point de prévenir le parquet quand son téléphone sonna :

- Vous tombez bien, m'sieur le procureur, j'allais justement vous appeler… comment?… vous plaisantez?...

Le capitaine raccrocha et suspendit l'expectative de ses adjoints :

- Robert Justin vient de se présenter dans le commissariat de son lieu de travail pour accuser son épouse de l'enlèvement et du meurtre de leur fils!

L'officier laissa passer son effet :

- Il aurait aussi fourni des preuves de la culpabilité de sa femme… le crime étant censé s'être passé sur notre territoire, nous prenons l'enquête…

- Qu'est-ce qu'on fait? demanda l'adjudant-chef.

- On les met tous les deux en garde à vue!!...

Dans le bureau de l'adjudant-chef Carbone, Robert Justin, menotté, les cheveux en bataille, écoutait sereinement la lecture du procès verbal que sa femme avait signé. Ayant terminé son récit, le gendarme regarda ce drôle de prévenu et le questionna d'un ton amène :

- Alors, monsieur Justin, que dites-vous des accusations de votre épouse ?

- C'est rocambolesque ! Elle déboulonne des jointures, m'sieur l'agent !... D'ailleurs, mes rapports avec elle sont grillés depuis longtemps, j'voulais me barrer avec mon fils au Québec, j'avais fait la connaissance d'une chouette Québécoise par une agence matrimoniale, je n'avais qu'une idée, larguer cette folle et rejoindre ma promise à Montréal.

- Je vois...

- Ça m'étonnerait... Il y a deux mois cette idiote a voulu enlever Mathieu, mais elle a raté son coup. Je n'en ai rien dit à personne pensant que ça se réglerait entre nous... Elle me faisait bien un peu flipper, mais jamais je me serais douté qu'elle irait jusqu'à le tuer...

- N'empêche que nous avons fait analyser votre voix avec celle enregistrée sur la cassette que madame Justin nous a fournie ! Déclara l'adjudant-chef, les menaces d'enlèvement et de mort que vous proférez laissent peu de doute sur vos intentions !

- Je pensais que vous étiez plus avisé que ça...

- On fait ce qu'on peut...

- Elle a tout manigancé à l'avance !... Elle se tortille des fesses autant que des fausses pistes...

- Vous ne répondez pas à ma question...

- Elle a dû m'enregistrer à mon insu pendant que je jouais sur l'ordinateur. J'avais acheté un CD-ROM dont l'environnement se situe au Moyen-Âge, dans des châteaux avec des oubliettes, des pièges, je me souviens avoir prononcé ces mots, mais c'était pour me débrider sur ma bécane... Il lui aura suffi de repiquages !

- La chaussette et le chiffon trouvés dans le coffre de votre voiture ! Le labo a identifié les taches sur les tissus comme un sang du même groupe que celui de votre fils. Nous attendons les résultats d'autres analyses !

- Épargnez-vous cette peine ! Le sang est forcément celui de Mathieu... l'ayant trucidé, il aura été facile de récupérer sa chaussette et de la placer dans ma caisse. Normalement, elle n'en a pas les clés mais elle a pu faire des doubles...

Carbone était embarrassé, le couteau que Robert Justin avait apporté accréditait sa version... La pièce à conviction était actuellement présentée à madame Justin dans un autre bureau... le mari reprit :

- J'aimais mon fils, mon colonel !

- Adjudant-chef...

- Je me disais aussi... Mathieu était toute ma vie ! Il s'est toujours mieux entendu avec moi et ça la rendait dingue... faut qu'j'vous dise... ma femme n'est pas toute seule dans son crâne... Elle lit des bouquins bizarres sur l'apocalypse et la venue d'un monde meilleur... Un jour, je suis rentré à l'improviste et je l'ai surprise en train de méditer au milieu d'une flopée de bougies aussi allumées qu'elle...

- C'est mieux que de la trouver au plumard avec un autre...

- Je raffole de votre humour...

Dans le bureau du capitaine Rives, Laure Justin, livide, écoutait le procès verbal de police signé de son époux. Lorsque l'officier eut terminé sa lecture, la mise en cause prit la parole :

- Pourquoi me traitez-vous comme une criminelle ?!...

- Vu les déclarations de votre mari et le couteau qu'il a remis couvert de sang et de vos empreintes, un supplément d'enquête s'impose !

Laure releva la tête et asséna d'un ton acerbe :

- Vous n'êtes pas assez con pour croire cette histoire de jeu vidéo ? !

- Je ne crois encore rien, mais faites attention à ce que vous dites…

- Il a dû l'acheter quand je lui ai dit que j'avais enregistré ses menaces lors de sa dernière visite. Il avait quitté le domicile conjugal… Il me trompait avec une Québécoise… si vous la voyiez… une vraie mocheté ! Enfin, c'est moins pire que je le pensais, un temps j'ai cru qu'il était devenu pédé…

- Vous la connaissez cette Québécoise ?

- Non, mais j'ai vu sa photo dans une poche de son veston… Je ne voulais qu'une chose… divorcer et partir avec Mathieu en Italie, chez un ami que j'avais connu grâce à une agence de rencontre.

- Le marché matrimonial se développe… plaisanta l'officier, vous n'étiez quand même pas tous les deux dans la même agence ?

- Je vous en prie, doct… m'sieur l'agent, c'est grave ! Je voyais bien que cette idée le rendait fou… il venait me regarder la nuit, il passait sa tête tout près de la mienne, je faisais semblant de dormir en respirant son haleine d'anchois… vous ne trouvez pas ça bizarre ?... je n'aurais jamais cru… oh ! si j'avais su !... gémit-elle en se remettant à pleurer.

On frappa à la porte et un adjoint lui remit une enveloppe ; après l'avoir ouverte il rapporta son contenu à Laure :

- Les résultats du labo… Le sang relevé sur vos preuves et celles de votre mari correspond à celui de votre fils… Nous v'là bien avancés !...

- M'sieur le gendarme ! Mon mari est un manipulateur ! Fit Laure.

- Allons donc…

- Il savait que je possédais dans ma cuisine ce fameux couteau dont je suis la seule à me servir puisque je suis la seule à cuisiner dans cette baraque. Or, celui-ci avait disparu depuis quinze jours... vous ne voyez pas qu'il essaye de tromper son monde !...

- Je vois surtout une histoire à coucher dehors...

- Rendez-vous compte ! Subtiliser mon couteau et aller jusqu'à mettre le sang de Mathieu sur la lame sans effacer mes empreintes ! Dieu seul sait à quel point mon mari est un maniaque !

- Si j'étais Dieu, j'voudrais pas être mêlé à ça... quels étaient vos rapports entre vous trois ? fit le capitaine.

- Je crois que Robert aimait bien le petit, mais ce n'était pas réciproque. En fait, Mathieu ne s'entendait qu'avec moi, d'ailleurs c'est lui-même qui m'a proposé de me suivre en Italie.

- Et vos rapports conjugaux ?...

- Ce qu'il faisait ou rien c'était pareil... lança Laure sarcastique, quand je lui ai lancé que sa Québécoise était un boudin, il a pris un air mauvais qui m'a fait très peur ! C'est d'ailleurs par prudence que j'avais enregistré ses colères, au cas où j'aurais dû porter plainte pour violences conjugales... Je n'aurais jamais imaginé... Vous savez, docteur, on croit toujours connaître ses proches !...

- Certains ont du mal à se connaître eux-mêmes...

Le capitaine Rives avait eu toutes les peines à envoyer un procès-verbal cohérent au juge Bonnard chargé de l'instruction. Il fit l'hypothèse d'un meurtre dont les deux époux seraient complices tout en s'en rejetant mutuellement la responsabilité. Cette solution souffrait d'absence de mobile clair et les circonstances ne favorisaient pas la recherche du petit Mathieu.

La directrice de l'école avait constaté son absence et aucune des rares personnes qui avaient approché la famille n'avait remarqué quoi que ce soit, si ce n'est l'impression bizarre que dégageaient les Justin et l'impossibilité de les apercevoir ensemble depuis plusieurs semaines.

Dans le bureau du juge Bonnard, Laure et Robert se livraient à une ultime confrontation. Deux commissions rogatoires avaient été envoyées pour interroger la pseudo-maîtresse québécoise de Robert et le prétendu ami italien de Laure.

Le magistrat observait ce couple singulier qui ne s'était pas regardé une seule fois depuis leur arrivée. Décidé à débloquer la situation d'un coup de poker menteur, il soupira :

- Laure Justin ! Aux vues des informations recueillies je vous inculpe de l'enlèvement de votre fils Mathieu Justin. Vous serez placée sous mandat de dépôt... Pour l'accusation de meurtre, nous attendrons d'avoir trouvé le corps... d'ailleurs, vous feriez bien de nous dire où il est !...

- Quoi ?!... C'est impossible, je n'ai pas fait d'erreur ! s'insurgea Laure.

Un peu surpris par cette réaction, le magistrat lut le procès verbal pour justifier sa décision :

- Vous allez comprendre... Il s'adressa d'abord à Robert Justin, la dite demoiselle Guylen Sylvie déclare n'avoir pas encore rencontré monsieur Justin et n'avoir correspondu avec lui que par lettres et photos... d'ailleurs elle a été surprise d'apprendre que vous étiez marié... fit remarquer le juge à Robert.

- Ce qui donne du crédit à vos déclarations, continua-t-il, c'est que vous aviez convenu de vous voir à Montréal en compagnie de votre fils d'ici deux semaines...

- Vous voyez ! Mon mari a menti puisqu'il a caché son mariage !

- Cela reste à prouver... par contre, sieur Casaggio Luigi, déclare avoir aussi correspondu avec vous à travers une autre agence... Seulement, après avoir convenu de vous rencontrer, vous lui auriez envoyé, il y a deux semaines, une lettre lui expliquant qu'il vous fallait un alibi pour une embrouille judiciaire dans laquelle vous alliez être mêlée.

- Ma femme a toujours été un peu voyante... plaisanta Robert.

- Une lettre ?... Quelle lettre ?!... s'insurgea l'intéressée.

- Le correspondant prit peur et interrompit toute relation avec vous... faut reconnaître que cette démarche était assez stupide !... concéda le magistrat.

Laure regarda son mari avec stupéfaction :

- Mais... ce n'est pas possible !... Je n'ai jamais envoyé de lettre !

Il y eut un moment de flottement... puis Robert Justin se tourna vers sa femme et prononça calmement :

- Échec et Mat ! Je l'ai écrite en imitant ton écriture. Tu es si bordélique que j'ai fini par tomber sur l'adresse de ton italien...

Les Justin venaient de se réconcilier à la lumière d'une connivence inattendue... Le mari posa sa main sur le genou de sa femme :

- J'admets que j'ai eu un peu de chance, ma chérie !...

- Avoue que le coup du magnétophone a failli te planter, mon chou !...

L'interphone sur le bureau sonna :

- Monsieur le juge, un jeune garçon demande à vous voir... Il dit s'appeler Mathieu Justin !!...

Condamnés pour dénonciation mensongère d'un crime et outrage à magistrat, les Justin déclarèrent au tribunal qu'ils avaient profité de leurs dix ans de mariage pour organiser ce sordide jeu de rôle et mettre à l'épreuve le scénario de leur prochain court-métrage…

…J'oubliais… Toute ressemblance avec des personnages et des situations ayant réellement existé serait purement fortuite…

*

*   *

CORRESPONDANCE

…Elle introduisit la cartouche dans son logement, et fit rouler le barillet contre sa paume conformément au rituel qu'ils s'étaient jurés…

Dans sa petite forteresse mélancolique, elle revoyait sans cesse les fantômes de son amour sous une neige de pages blanches…

Son bel ange n'apparaîtrait plus que dans le film maculé de larmes qu'elle se projetait sur l'écran de sa mémoire… Un film sombre dont la pellicule pleurait encore les chromes de ses couleurs perdues….

Lui, ne perçut d'elle que la douceur de sa main dans la sienne, une main qui devait guider chacun de leurs pas vers l'autre, devait leur apprendre à se rejoindre et à s'étreindre dans le meilleur d'eux-mêmes…

Une sorte de folie douce avait fini par leur faire maudire le sort qui avait fait se croiser leurs routes… Comme un crachat à la face d'un destin cynique et joueur, ils avaient voulu s'en remettre à la fatalité pour se donner rendez-vous dans une improbable éternité…

…Elle frissonna, posa le métal contre sa propre tempe… pressa la détente et sentit le choc du percuteur…

Soulagé d'entendre le bruit métallique, lui, chercha d'une main tremblante la crosse froide qu'elle lui tendait et fit rouler le barillet contre sa paume avant d'affronter, à son tour, le péril de leur défi immature…

…Malgré sa surdité, la détonation la fit tressaillir et une âcre odeur de poudre envahit la pièce. Elle voulut crier, mais aucun son ne sortait plus de sa bouche depuis cet automne où sa moto percuta… elle ne savait même plus quoi… Elle ne se souvenait plus de rien de cet accident, sinon que ce jour-là, il pleuvait des feuilles mortes…

Elle restait assise en silence devant ce visage figé dans une mort annoncée tandis que les voisins tapaient à la porte. Malgré le sang qui le maculait, il avait gardé cette douce sérénité qui donne aux aveugles une fausse expression de froideur…

Chaque semaine, dans un coin de cimetière, elle déposait une lettre… et à peine s'en était-elle éloignée, qu'une étrange brise l'emportait là où personne ne la retrouvait jamais…

*

*   *

Le 8 avril 1994, le chanteur du groupe Nirvana, Kurt Cobain, est censé s'être tiré une balle dans la tête, cédant à Courtney Love, dont il voulait divorcer, les droits de toute son œuvre… Cet événement n'a rien à voir avec le texte ci-contre, mais des éléments troublants de l'enquête laissent penser que de toute manière ça n'aurait jamais pu se passer comme ça…

SOMMAIRE

Du même auteur aux éditions les Presses du Midi :

« Poupées Russes »